IQ《アイキュー》探《たん》偵《てい》ムー

浦《うら》島《しま》太《た》郎《ろう》殺《さつ》人《じん》事《じ》件《けん》〈下〉

作《さく》◎深《ふか》沢《ざわ》美《み》潮《しお》　画《が》◎山《やま》田《だ》J《じぇい》太《た》

ポプラ社

亀吉に言われ、浦島太郎は殺人現場となった部屋へと急いだ。
そこには、多くの魚たちが集まり、嘆き悲しんでいた。
もちろん、乙姫もいて、カサ子やクマ江に付き添われ、泣いていた。
彼女は太郎を見るなり、「太郎様!!」と叫んだ。

深沢美潮《ふかざわみしお》

武蔵野《むさしの》美《び》術《じゅつ》大学《だいがく》造形《ぞうけい》学科《がっか》卒《そつ》。コピーライターを経《へ》て作《さっ》家《か》になる。著作《ちょさく》は、『フォーチュン・クエスト』、『デュアン・サーク』（電撃文庫《でんげきぶんこ》）、『菜子《なこ》の冒険《ぼうけん》』（富士見《ふじみ》ミステリー文庫）、『サマースクールデイズ』（ピュアフル文庫）など。ＳＦ作家《さっか》クラブ会員《かいいん》。みずがめ座《ざ》。動物《どうぶつ》が大《だい》好《す》き。好《す》きな言葉《ことば》は「今《いま》からでもおそくない！」。

山田Ｊ太《やまだじぇいた》

１／26生《う》まれのみずがめ座《ざ》。O型《がた》。漫画家《まんがか》兼《けん》イラスト描《か》き。『マジナ!』（企画《きかく》・原案《げんあん》EDEN'S NOTE／アスキー・メディアワークス「コミックシルフ」）、『ぎふと』（芳文社《ほうぶんしゃ》「コミックエール!」）連載中《れんさいちゅう》。１巻発売《かんはつばい》の頃《ころ》やって来《き》た猫《ねこ》は、3才《さい》になりました（人間《にんげん》で言《い》うと28才《さい》）。

★目次《もくじ》

★登《とう》場《じょう》人《じん》物《ぶつ》紹《しょう》介《かい》●●●

杉下元《すぎしたげん》

小学五年生《しょうがくごねんせい》。好奇心旺盛《こうきしんおうせい》で、推《すい》理小説《りしょうせつ》や冒険《ぼうけん》ものが大好《だいす》きな少年《しょうねん》。ただ、幽霊《ゆうれい》やお化《ば》けには弱《よわ》い。夢羽《むう》の隣《となり》の席《せき》。

茜崎夢羽《あかねざきむう》

小学五年生《しょうがくごねんせい》。ある春《はる》の日《ひ》に、元《げん》と瑠香《るか》のクラス五年一組《ごねんいちくみ》に転校《てんこう》してきた美少女《びしょうじょ》。頭《あたま》も良《よ》く常《つね》に冷静沈着《れいせいちんちゃく》。

内田里江《うちだりえ》、金崎《かねざき》まるみ、木田恵理《きだえり》、久保《くぼ》さやか、栗林素子《くりばやしもとこ》、桜木良美《さくらぎよしみ》、高瀬成美《たかせなるみ》、高橋冴子《たかはしさえこ》、水原久美《みずはらくみ》、三田佐恵美《みたさえみ》、目黒裕美《めぐろひろみ》

五年一組《ごねんいちくみ》の女子《じょし》。

小林聖二《こばやしせいじ》

五年一組《ごねんいちくみ》の生徒《せいと》。クラス一頭《いちあたま》がいい。

大木登《おおきのぼる》

五年一組《ごねんいちくみ》の生《せい》徒《と》。食《く》いしん坊《ぼう》。

河田一雄《かわだかずお》、島田実《しまだみのる》、山田一《やまだはじめ》

五年一組《ごねんいちくみ》の生徒《せいと》。「バカ田《だ》トリオ」と呼《よ》ばれている。

江口瑠香《えぐちるか》

小学五年生《しょうがくごねんせい》。元《げん》とは保育《ほいく》園《えん》の頃《ころ》からの幼《おさな》なじみの少女《しょうじょ》。すなおで正義感《せいぎかん》も強《つよ》い。活発《かっぱつ》で人気《にんき》がある。

小日向徹《こひなたとおる》

五年一組《ごねんいちくみ》の担任《たんにん》。あだ名《な》はプー先生《せんせい》。

佐々木雄太《ささきゆうた》、末次要一《すえつぐよういち》、竹内徹《たけうちとおる》、溝口健《みぞぐちけん》、安山浩《やすやまひろし》、吉田大輝《よしだたいき》

五年一組《ごねんいちくみ》の男子《だんし》。

プログラム●●●

創作ミュージカル

浦島太郎殺人事件

★★★銀杏が丘第一小学校五年一組★★★

浦島太郎……………杉下元
乙姫…………………高瀬成美
亀吉…………………大木登
アンコウ大臣………小林聖二
ウツボ次官…………末次要一
サメ次官……………溝口健
カサ子………………目黒裕美

悪ガキ1……………河田一雄
悪ガキ2……………島田実
悪ガキ3……………山田一
若い女性1…………桜木良美
若い男性……………竹内徹
若い女性2…………内田里江
犬……………………佐々木雄太

クマ江……三田佐恵美
ヒラメ長官……竹内徹
カレイ長官……佐々木雄太
召使いの青魚……水原久美
警備の銀色の魚……木田恵理
フィッシュダンサーズ
カニ……竹内徹
クラゲ……江口瑠香
タイ……金崎まるみ
タコ……佐々木雄太

コーラス隊
茜崎夢羽
久保さやか
栗林素子
高橋冴子
ピアノ
内田里江
合奏隊
茜崎夢羽
河田一雄
木田恵理
久保さやか
桜木良美
栗林素子
島田実
高橋冴子
水原久美
山田一

台本
茜崎夢羽
小林聖二
演出
江口瑠香
美術・効果
高橋冴子
金崎まるみ
溝口健

照明
安山浩
吉田大輝
衣装・メーク
木田恵理
桜木良美
水原久美
音楽（編曲）
内田里江

★上巻《じょうかん》のあらすじ●●●

11月《がつ》。銀杏《いちょう》が丘《おか》第一《だい》小学校《しょうがっこう》では恒例《こうれい》の学芸会《がくげいかい》が行《おこな》われる。五年生《ねんせい》はミュージカル劇《げき》をするので、元《げん》たちのクラス、五年《ねん》一組《くみ》でも、何《なん》の演目《えんもく》をやるかを班《はん》ごとで考《かんが》えることになった。元《げん》たちの班《はん》は、『浦島太郎《うらしまたろう》』をもとにした創作《そうさく》ミュージカルをしようと盛《も》り上《あ》がる。バカ田《ダ》トリオたちの班《はん》には、子供向《こどもむ》けミュージカルのオーディションの最終選考《さいしゅうせんこう》まで残《のこ》った高瀬成美《たかせなるみ》がいて、本格《ほんかく》ミュージカル『レ・ミゼラブル』を提案《ていあん》しようとしていた。

瑠香《るか》は、主役《しゅやく》の浦島太郎《うらしまたろう》は元《げん》がいいと言《い》う。小林《こばやし》も大木《おおき》も賛成《さんせい》。「普通《ふつう》」っぽいので、そう言《い》われていると思《おも》うと元《げん》はおもしろくない。台本《だいほん》は夢羽《むう》と小林《こばやし》とで考《かんが》えることになった。夢羽《むう》が考《かんが》える『浦島太郎《うらしまたろう》』はみんなが知《し》っている話《はなし》と違《ちが》った。太郎《たろう》はもともと竜宮城《りゅうぐうじょう》の人《ひと》だったがその記憶《きおく》をなくしている。一方《いっぽう》、竜宮城《りゅうぐうじょう》では竜王《りゅうおう》が死《し》んだ後《あと》、竜王《りゅうおう》の娘《むすめ》・乙姫《おとひめ》とアンコウ大臣《だいじん》が跡目争《あとめあらそ》いをしている、

というものだった。さらに、殺人事件《さつじんじけん》も起《お》きるという……。

ダントツで元《げん》たちの班《はん》の『浦島太郎殺人《うらしまたろうさつじん》事件《じけん》』が選《えら》ばれた。元《げん》は、腰《こし》みのをつけないという条件《じょうけん》で浦島太郎《うらしまたろう》に。背景《はいけい》は屏風《びょうぶ》を利用《りよう》しようと、いつもと違《ちが》って夢羽《むう》も積極的《せっきょくてき》。配役《はいやく》、美術《びじゅつ》や衣装《いしょう》などの裏方《うらかた》も決《き》まり、それぞれ準備《じゅんび》に取《と》りかかる。この時《とき》には、とんでもないアクシデントがたて続《つづ》けにおこるとは、まだ誰《だれ》も知《し》らなかった……。

浦《うら》島《しま》太《た》郎《ろう》殺《さつ》人《じん》事《じ》件《けん》〈下〉

ところで、その赤海亀《あかうみがめ》は、(赤海亀《あかうみがめ》という名《な》は、ながったらしくて舌《した》にもつれるから、以下《いか》、単《たん》に亀《かめ》と呼称《こしょう》する)頸《くび》を伸《の》ばして浦島《うらしま》さんを見上《みあ》げ、

「もし、もし。」と呼《よ》び、「無理《むり》もねえよ。わかるさ。」と言《い》った。浦島《うらしま》は驚《おどろ》き、

「なんだ、お前《まえ》。こないだ助《たす》けてやった亀《かめ》ではないか。まだ、こんなところに、うろついていたのか。」

これがつまり、子供《こども》のなぶる亀《かめ》を見《み》て、浦島《うらしま》さんは可哀想《かわいそう》にと言《い》って買《か》いとり海《うみ》へ放《はな》してやったという、あの亀《かめ》なのである。

「うろついていたのか、とは情無《なさけな》い。恨《うら》むぜ、若旦那《わかだんな》。私《わたし》は、こう見《み》えても、あなたに御恩《ごおん》がえしをしたくて、あれから毎日毎晩《まいにちまいばん》、この浜《はま》へ来《き》て若旦那《わかだんな》のおいでを待《ま》っていたのだ。」

「それは、浅慮《せんりょ》というものだ。或《ある》いは、無謀《むぼう》とも言《い》えるかも知《し》れない。また子供《こども》たちに見《み》つかったら、どうする。こんどは、生《い》きては帰《かえ》られまい。」

「気取《きど》っていやがる。また捕《つか》まえられたら、また若旦那《わかだんな》に買《か》ってもらうつもりさ。浅慮《せんりょ》で悪《わる》うござんしたね。私《わたし》は、どうしたって若旦那《わかだんな》に、もう一度《ど》お目《め》にかかりたかったんだから仕様《しよう》がねえ。この仕様《しよう》がねえ、というところが惚《ほ》れた弱味《よわみ》よ。心意気《こころいき》を買《か》ってくんな。」

浦島《うらしま》は苦笑《にがわらい》して、

「身勝手《みがって》な奴《やつ》だ。」と呟《つぶや》く。亀《かめ》は聞《き》きとがめて、

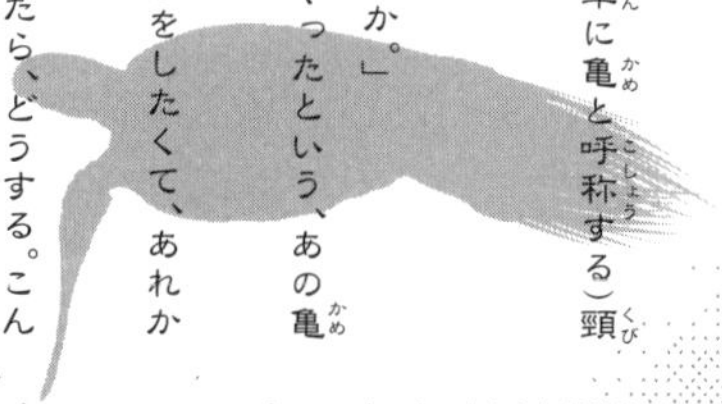

「なあんだ、若旦那《わかだんな》。自家撞着《じかどうちゃく》していますぜ。さっきご自分《じぶん》で批評《ひひょう》がきらいだなんておっしゃってた癖《くせ》に、ご自分《じぶん》では、私《わたし》の事《こと》を浅慮《せんりょ》だの無謀《むぼう》だの、こんどは身勝手《みがって》だの、さかんに批評《ひひょう》してやがるじゃないか。若旦那《わかだんな》こそ身勝手《みがって》だ。私《わたし》には私《わたし》の生《い》きる流儀《りゅうぎ》があるんですからね。ちっとは、みとめて下《くだ》さいよ。」と見事《みごと》に逆襲《ぎゃくしゅう》した。

浦島《うらしま》は赤面《せきめん》し、

「私《わたし》のは批評《ひひょう》ではない、これは、訓戒《くんかい》というものだ。諷諫《ふうかん》、といってもよからう。諷諫《ふうかん》、耳《みみ》に逆《さから》うもその行《ぎょう》を利《り》す、というわけのものだ。」ともっともらしい事《こと》を言《い》ってごまかした。

「気取《きど》らなければあ、いい人《ひと》なんだが。」と亀《かめ》は小声《こごえ》で言《い》い、「いや、もう私《わたし》は、何《なに》も言《い》わん。私《わたし》のこの甲羅《こうら》の上《うえ》に腰《こし》かけて下《くだ》さい。」

浦島《うらしま》は呆《あき》れ、

「お前《まえ》は、まあ、何《なに》を言《い》い出《だ》すのです。私《わたし》はそんな野蛮《やばん》な事《こと》はきらいです。亀《かめ》の甲羅《こうら》に腰《こし》かけるなどは、それは狂態《きょうたい》と言《い》ってよからう。決《けっ》して風流《ふうりゅう》の仕草《しぐさ》ではない。」

「どうだっていいじゃないか、そんな事《こと》は。こっちは、先日《せんじつ》のお礼《れい》として、これから竜宮城《りゅうぐうじょう》へ御案内《ごあんない》しようとしているだけだ。さあ早《はや》く私《わたし》の甲羅《こうら》に乗《の》って下《くだ》さい。」

太宰治《だざいおさむ》『お伽草紙《とぎぞうし》』「浦島《うらしま》さん」（新潮文庫）より抜粋《ばっすい》

＊＊＊

「そうじゃない、そうじゃない！　もっと大きな声で。大木《おおき》くん、もうちょっとゆっくり歩いてみて！」

劇《げき》の演出《えんしゅつ》をしている江口《えぐち》瑠香《るか》の声が教室に響《ひび》きわたる。

五年一組は、もうすぐある学芸会の準備《じゅんび》で大忙《おおいそが》しだった。美術班《びじゅつはん》に、衣装班《いしょうはん》、音楽班、そして役者たちの舞台稽古《ぶたいげいこ》……。いやいや、それより何よりまだ台本が全部上がっていない。

何せ、子供《こども》たちが一から創作《そうさく》したミュージカルをやろうというのだから大変である。みんながよく知っている『浦島太郎《うらしまたろう》』を題材にした新作、その名も『浦島太郎《うらしまたろう》殺人事件《じけん》』。その台本を書いているのは、クラスで一番成績《せいせき》のいい美少年の小林聖二《こばやしせいじ》と、二番目に成績のいい美少女の茜崎夢羽《あかねざきむう》だった。

推理《すいり》においては天才的な夢羽《むう》がアイデアを出すのだから、どうせなら、推理ものにしようと小林《こばやし》が提案《ていあん》。だんだんとこったストーリーになっていった。

浦島太郎《うらしまたろう》が浜辺《はまべ》でカメを助け、お礼に竜宮城《りゅうぐうじょう》に招《まね》かれるというところまでは同じだが……。

実は竜宮では、亡《な》き竜王《りゅうおう》の跡目《あとめ》争《あらそ》いの真っ最中だった。

本当なら、ひとり娘《むすめ》の乙姫《おとひめ》が跡を継《つ》げばよいのだが、かつて女の王様というのはいないと、アンコウ大臣からクレームがついた。

彼《かれ》は自分が王になりたいという野心を持っていたからだ。

一週間以内にむこを取ることができれば、乙姫《おとひめ》が跡を継いでもいいだろうという案を出す……。

つまり、浦島太郎《うらしまたろう》はむこ候補《こうほ》として連れてこられたのだが、幸いにも乙姫《おとひめ》と太郎《たろう》は一目でお互《たが》いを気に入り、話はとんとん拍子《びょうし》に進んでいった……。

と、そこまで台本はできあがっている。

さて、問題はその続きなのだが……。

教室の隅《すみ》っこの机《つくえ》にノートを広げ、小林《こばやし》が何やらシャープペンシルで書きこんでいる。前の席に夢羽《むう》が座《すわ》り、時おりノートをのぞきこむ。

その時、小林《こばやし》のさらさらの髪《かみ》と夢羽《むう》のボサボサの長い髪がふれあったりして。

いやいや、おでこまでくっつきそうになってないか⁉

「ちょっとぉ！　元《げん》くん、何ボサーっとしてんの。あなたの台詞《せりふ》でしょう？」

瑠香《るか》に言われ、杉下元《すぎしたげん》は持っていた台本を取り落としてしまった。

「あ、あああぁあっわわわ‼」

それを見て、あからさまにげんなりする瑠香《るか》。

「んもう。もうちょっと真剣《しんけん》にやってよね！　いいかげん、台詞覚えてほしいんだけどな。主役だよ、主役‼　主役としての自覚を持ちなさいよ‼」

うへぇえ〜。

なんか、最初考えてたより、どんどん話が複雑《ふくざつ》になってきてないかぁ？

ま、どうせこんなことになるとは思ってたけどな……。

チラっとまた夢羽《むう》のほうを見る。

ちょうど彼女《かのじょ》が元《げん》たちのほうを見ていたから、ばっちり目が合ってしまった。

ひょわわわわわ……！

大あわてで、台本を拾い、自分の台詞《せりふ》を探《さが》した。

しかし、まったくもって。こんなにたくさんの台詞、覚えることなんかできるんだろうか？

元《げん》は気が遠くなるのだった。

★浦島太郎《うらしまたろう》殺人事件《じけん》（中）

1

さて、宴《えん》もたけなわ。

浦島太郎《うらしまたろう》と乙姫《おとひめ》の婚約《こんやく》発表もとどこおりなくすんだ。アンコウ大臣は露骨《ろこつ》に機嫌《きげん》を悪くして途中《とちゅう》で退席《たいせき》してしまったが、そんなことはみんな、気にしなかった。

まさにタイが舞《ま》い、ごちそうは山盛《やまも》り。太郎《たろう》は慣《な》れない酒を飲んで赤い顔である。

「ふぃぃ……、も、もう、飲めまへん」

右目は天井《てんじょう》を、左目は地面を、そして、両方がぐるぐると回っている。

「あぁーら、そんなことおっしゃらずに、ささ、もう一杯《いっぱい》！」

ひらひらときれいな色の薄衣《うすぎぬ》をまとった女官たち、太郎《たろう》の杯《さかずき》がちょっとでもあくと注《つ》いでしまう。

「ささ、ぐーっと飲んでくださいましぃ」

「次はあたくしがお注ぎしますわいなぁ」

「やだ、あたくしよ！」

「まぁ、あたくしのほうが先ざんしょ⁉」

などと、きれいな女官たちが自分を取り合って、きゃあきゃあやってるのだ。

これはもう夢《ゆめ》か幻《まぼろし》としか思えない。

あぁ、いいなぁ、竜宮城《りゅうぐうじょう》は。

男と生まれたからには、一度くらいこういう思いをしてみたかったが、まさかこんなにすぐ叶《かな》うとは思わなかった。

「ちょっと、ちょっと！　太郎殿《たろうどの》‼」

「へ？」

とろーんと半開きにした目と半開きにした口を向けると、そこには亀吉《かめきち》がなんと三匹《さんびき》もいた！

「か、かめきちぃ、おまへは三つ子らったのかぁあ？」

「ご冗談《じょうだん》を！　しっかりしてください。わたしはひとりですよ、ひとり！」

ぐいぐいとやられ、目を何度かしばたたいた太郎《たろう》は、目の前にいるのが亀吉《かめきち》ただひとり……というか一匹しかいないのを確認《かくにん》した。

「あぁ、よかった。びっくりしらよぉ」

「びっくりしたのはこっちですよ！　それより、いいかげんにしといたほうがいいですよ。乙姫様《おとひめさま》をごらんなさい！」

「へ??」

言われて見てみると……、だいぶ遠いところの玉座《ぎょくざ》に腰《こし》かけた乙姫《おとひめ》がこっちをものすごい形相でにらみつけているではないか。

「あちゃ……！　な、なんれ？　なんれ乙姫様《おとひめさま》はあんな怖《こわ》い顔れ、こっち見てるわけ？」

「そりゃぁ、そうでしょう？　女官たちにかしずかれて、そんだけ鼻の下をのばしてれば、怒《おこ》られもします」

「ひょえー！　そ、そうなの？　だって、オレ、別にかしずいてほしいなんて言ってないし。困《こま》るよ。ど、どうすればいいんだ？」

一気に酔《よ》いも覚めた。

「まったく。あなたにも困ったものだ。女官たちのことはもう放っておいて、乙姫《おとひめ》様のところへ行くんですよ。そして、あまーい一言でもささやいて差し上げればいいんです」

亀吉《かめきち》は黒い顔を赤黒くし、ゴホンと咳払《せきばら》いをした。

「ええー？　あまーい一言ってなんだよ？」

「そこまで面倒《めんどう》みなきゃいけないんですか？　まったく。そ、そうですねぇ。ま、シンプルに『好きだよ』とか『幸せになろうね』とか、そんなんでいいんじゃないですか？」

亀吉《かめきち》の顔はますます赤黒くなり、ほぼまだらに見えて気持ち悪い。

「げげ、そんなこと言わなくちゃいけないの？」

太郎《たろう》は半泣きで聞き返したが、亀吉《かめきち》はもう何も言ってくれない。

「はははは、そう困《こま》った顔をしなくともだいじょうぶ。乙姫《おとひめ》様は太郎殿《たろうどの》に夢中《むちゅう》ですからね」

そう話しかけてくれたのは平べったい顔の魚だった。

「あ、どうもどうも」

しかし、今はゆっくり挨拶《あいさつ》をしている場合じゃない。

乙姫《おとひめ》はふくれっ面《つら》のままだ。

あわてて彼女《かのじょ》のほうへと急いだが、女官たちが「太郎《たろう》さまぁ！」と追いかけてくる。

それを亀吉《かめきち》が「こら！　邪魔《じゃま》するんじゃない！」とたしなめた。

「えぇーん、やだぁ！」

「なによぉ、邪魔しないでよぉ」

「うるさいわねえ、このじじい……」

などと文句《もんく》を言いつつ、それでもしぶしぶあきらめた女官たちを見て、太郎《たろう》はホっと胸《むね》をひとなで。プンと横を向いてしまっている乙姫《おとひめ》のもとへ走り寄《よ》った。

「あ、あの……えっと……好きだよ」

「え⁉　なんておっしゃったんです？」

乙姫《おとひめ》はギロっと太郎《たろう》を見上げる。

「い、いやぁ……だから、えっと……好きだよ！」

今度は大きな声で言ってみた。あぁ、穴《あな》があったら入りたい。なかったら、掘《ほ》って埋《う》まってしまいたい。

ゆでだこのように真《ま》っ赤《か》になった太郎《たろう》だったが。

次の瞬間《しゅんかん》、窒息《ちっそく》するかと思うほど、ぎゅーっと強く抱《だ》きつかれた。もちろん、乙姫《おとひめ》に。

「うれしい！　太郎《たろう》様、乙姫《おとひめ》は幸せですぅー！」

いきなり抱きつかれたからたまらない。

ふたり抱き合ったまま、床《ゆか》にごろごろごろごろ。

やっとこさ何かにぶつかって止まったと思った時、「ゴホンゴホン!」と咳《せき》払《ばら》いが聞こえた。ふたりして見上げた先には、いつのまにかもどってきた、ものすごく不機嫌《ふきげん》そうな黒い顔のアンコウ大臣が……。

「あ、だ、大臣……!」

「おほほほ」

あわてふためき、なんとか立ち上がるふたりに、大臣は憎々《にくにく》しげに言った。

「乙姫《おとひめ》様、おめでとうございます。ずいぶん、仲のよろしいようで。しかし、こんなことを申し上げてはなんなのですが、その浦島太郎殿《うらしまたろうどの》とやら、まさか人間なんかじゃありませぬなぁ?」

「え?? に、人間ですけど、それが何か?」

乙姫《おとひめ》が答えるより先に太郎《たろう》が答えると、乙姫《おとひめ》があわてて彼《かれ》の前に出た。

「い、いいえ! 太郎《たろう》様は竜宮人《りゅうぐうびと》ですわ。そ、そうじゃなきゃ、ここにはいられないでしょう? ほっほっほ、何をおっしゃいますやら」

ここは、太郎《たろう》もさすがに察した。

自分が竜宮人《りゅうぐうびと》だってことにしておかなければ、乙姫《おとひめ》は具合悪いんだろうと。

だから、姿勢《しせい》を正して言った。

「あ、そうですよ。人間ってか、竜宮の人間ってことなら、ぼくは竜宮人です！　これから、よろしくお願いします」

そう言われては、ぐうの音も出ない大臣。

実際《じっさい》、「うむぅう……」とひと声、うなっただけ。苦い苦い青汁《あおじる》でうがいをしたような顔で引き下がっていった。

「きゃあ！　太郎《たろう》様、すっごくかっこよかったですわ！　見ました？　アンコウ大臣の悔《くや》しそうな顔‼」

乙姫《おとひめ》からまた抱《だ》きつかれ、太郎《たろう》は頭をかいた。

「はははははは。苦しい言い逃《のが》れだったけどね。いちおう竜宮人ってことにしとかないとさぁ、まずいみたいだったから」

すると、乙姫《おとひめ》は目をしばたたき、彼《かれ》を見上げた。

「いいえ、太郎《たろう》様は立派《りっぱ》な竜宮人ですわ。そうじゃなきゃ、ここにいられないでしょう？」

「え？　だ、だからさぁ、それは『イキデキール』があったから」

「いえいえ、何をおっしゃってるのやら。まぁ、太郎《たろう》様は記憶《きおく》をなくされているようだから、わからないかもしれませんが、だいじょうぶ。きっと少しずつ思い出していくはずですわ！」

「そ、そうなの……？」

あまりにきっぱり断言《だんげん》され、太郎《たろう》のほうも自信がなくなってきた。

も、も、もしかして、オレって竜宮人《りゅうぐうびと》なの⁉

まさかなぁぁぁ……‼

「いやいや、そうでなければ、たしかにここにはおられませんぞ」

「そうですそうです」

と、声をかけてきた平べったい顔の魚二匹《ひき》。

あ、さっき声をかけてくれた魚だけど……どっちがそうかな？

よく似ているのでわからない。

「あら、カレイ長官にヒラメ長官！」

乙姫《おとひめ》が振《ふ》り返る。

「太郎《たろう》様、ご紹介《しょうかい》しますわ。こちら、カレイ長官にヒラメ長官。ふふふ、よく似《に》てらっしゃるけど、双子《ふたご》ではありませんのよ」

「は、はぁ……そうですかぁ」
そう言われても、ものすごく似ている。
まるで鏡合わせのように、よく似ている二匹《ひき》は、楽しそうに体をひらめかせ、穏和《おんわ》そうに笑ったのだった。

＊＊＊

しかし、どうにもこうにも、怒《いか》りがおさまらず、また窮地《きゅうち》に追いやられたのはアンコウ大臣のほうである。

自室に戻《もど》った大臣は、黒い体をさらに黒光りさせ、額《ひたい》からぶら下がっている提灯《ちょうちん》にビシビシと電光を走らせ、家臣のウツボ次官やサメ次官を震《ふる》え上がらせていた。

「えええーい、おまえたち。よくもいいかげんなことを！　聞けば浦島太郎《うらしまたろう》とやら、竜宮人《りゅうぐうびと》だというではないか！　まぁ、そりゃそうだ。人間なんぞがここで住めるわけがない！」

「ひぇぇぇ……、す、す、すみませんねぇ。ははははは、考えたらそうですなぁ」

ウツボ次官は卑屈《ひくつ》に笑いながら、長い体をくねらせた。

それを横目でにらみ、アンコウ大臣は提灯を不気味に光らせた。

「まぁいい。とにかく早く手を打つことだ……早くな」

「え？　ど、どうするんです⁇　手を打つって……」

ウツボ次官はとりあえず両手をたたいてみた。

サメ次官もあわててヒレをたたいてみた。

そのボケっぷりにアンコウ大臣はほとほとあきれかえった。

「だめだだめだ。おまえらには任《まか》せておけん！　ふん、こうなりゃ、自分の道は自分で切り開くまでよ！」

ふてぶてしく言った後、大きく裂《さ》けた口でにんまりと笑うアンコウ大臣。

その後ろでは、ウツボ次官とサメ次官、今度は手とヒレでハサミのマネをし、「切り開く？」と、首を傾《かし》げていた。

2

一方、婚約《こんやく》発表のパーティーですっかり疲《つか》れ果てた浦島太郎《うらしまたろう》。とりあえず部《へ》屋《や》にもどることにした。乙姫《おとひめ》や女官たちに見つかったら、また引きとめられそうで怖《こわ》い。

まったく、ちょっとはひとりにさせてほしいよ！

こそこそと逃《に》げるように部屋へ。

まぁ、結婚した後は乙姫《おとひめ》と同じ部屋で暮《く》らすことになるのだろうが、今は客室のひとつをあてがわれていた。

珊瑚《さんご》の間《ま》という立派《りっぱ》な客室である。

「はぁぁ……疲《つか》れた……」

幸せだけど、疲れるということはあるんだなぁ。

天蓋《てんがい》付きの豪華《ごうか》なベッドに横になった太郎《たろう》は、つくづくそう思った。

体も疲れているが、慣《な》れないことばかりで神経《しんけい》が疲労《ひろう》している。

目を閉《と》じると同時に、耳元で「太郎《たろう》様ー！」とか「どちらですのぉー？」と、乙姫《おとひめ》たちの声が聞こえてくる気がした。

あわてて目を開くが、錯覚《さっかく》だった。

大きくため息をつき、再度目《さいど》を閉《と》じる……と同時に、今度はスーっと眠《ねむ》りの世界へ落ちていった。

さて、どれくらい寝《ね》ていたんだろう？

一気に深海まで落ちていくように、ストンと熟睡《じゆくすい》してしまった太郎《たろう》だったのに、突然《とつぜん》、バシャアーン！　と、大量の水をぶっかけられた。

「ひ、ひぇぇぇえええあああぅあお‼」

なんとも情《なさ》けない悲鳴をあげ、太郎《たろう》は全身ずぶ濡《ぬ》れ。あわててベッドから這《は》いだそうとして、床《ゆか》に落下した。

「うおぉおぉああ、い、いてててて‼」

したたかにあごと肩《かた》を打ってしまった。

「だいじょうぶですか？　どうされましたか？」

召使《めしつか》いの青魚があわてて部屋《へや》に飛びこんできた。

彼《かれ》が見たのは、ベッドの天蓋《てんがい》から水が大量に落ち、その辺水浸《みずびた》しになっている状況《じょうきょう》で、床《ゆか》に倒《たお》れたまま「うがうが」言ってる太郎《たろう》だった。

原因《げんいん》は、雨漏《あまも》り。

というか、水漏れ。

海中なのだから雨は降《ふ》らない。というか、海中なのに水漏れというのが変だが、竜宮城《りゅうぐうじょう》のなかは海水はなかった。

竜宮城のなかだけ普通《ふつう》に空気があるのだ。

普通の魚は暮《く》らせないが、竜宮人《りゅうぐうびと》や竜宮に仕える魚人たちはだいじょうぶだ。

バリアのようなもので、海水が入らないようにしているが、その一部が故《こ》障《しょう》したらしい。

結果、太郎《たろう》の部屋《へや》の天井《てんじょう》から水が漏れ、天蓋の上に溜《た》まっていき、ついにはその重みに耐《た》えきれず、バシャ――ン!! と落ちてきてしまったと。そういうわけだ。

「いやはや、災難《さいなん》でございましたな。ささ、すぐに代わりの部屋を用意しますから」

と、青魚は太郎《たろう》を助け起こした。

代わりに用意されたのはカレイ長官の部屋《へや》である。

カレイ長官は、太郎《たろう》に快《こころよ》く部屋を貸《か》してくれた。

平べったい顔をして、飛び出た目玉のカレイ長官はひらりひらりと舞《ま》うように歩いていった。

やれやれと服を着替《きが》えた太郎《たろう》は、その部屋へ行く前、トイレに行こうとした。

角を曲がったところ、ばったり黒光りするアンコウ大臣に出くわしてしまった。

「あ……、うわっ‼」

まるでオバケにでもあったように、太郎《たろう》はびっくりしてしまった。

そうでなくても、怖《こわ》そうな顔のアンコウ大臣は、気の弱い太郎《たろう》にはかなり苦手な存在《そんざい》だ。

しかし、意外や意外。

さっきはギラギラと怒《いか》りで光らせていた目を糸のように細め、ニコニコと笑いかけてきたではないか。

「これはこれは、太郎殿《たろうどの》。先ほどは失礼いたしました。まぁ、竜宮《りゅうぐう》のことを考えるがゆえのこと、ひらにお許《ゆる》しください」

「え、あ、あぁ……は、はい」

拍子《ひょうし》抜《ぬ》けするほど、フレンドリーな態度《たいど》である。

もともと平和主義《しゅぎ》の太郎《たろう》は、こんな怖《こわ》そうな相手とはケンカなんかしたくない。

ホっと胸《むね》をなでおろした。

「ところで、どうです？　竜宮暮《りゅうぐうぐ》らしは。もうだいぶ慣《な》れてきましたかな？」

「は、はい……みなさんによくしてもらってますんで」

「ふむふむ、それは何より。何かご不便なことでもあれば、なんなりとお申しつけください。そうだ。あとで何か飲み物でもお届《とど》けしましょう。太郎殿《たろうどの》のお部屋《へや》は……どちらでしたかな？　珊瑚《さんご》の間《ま》ですか？」

「あ！　えーっと……それがですね……」

と、さっき水漏《みずも》れがして、しばらくは別の部屋《へや》にいるという話をした。

「それはそれは難儀《なんぎ》なこと。まぁ、この竜宮城《りゅうぐうじょう》も古いですからな。そろそろ建て直したほうがいいんですよ」

「そうなんですか？」

「ええ、ええ。太郎殿《たろうどの》が政権《せいけん》を執《と》られた時には、ぜひ改築《かいちく》案を提案《ていあん》してくださいませ」

「いやぁぁ！　そ、そんな、だいそれたことできませんから！」

などと話している時、召使《めしつか》いの青魚が「あ、太郎《たろう》様!!」と向こうからやってくるのが見えた。

「おっと、ついお引きとめいたしましたな」

アンコウ大臣はそそくさと離《はな》れていこうとして、振《ふ》り返った。

「で？　新しい部屋はどこの部屋でしたかな？」

太郎《たろう》はあごに人さし指をあて、首を傾《かし》げた。

「えーっと……なんだっけ……あ、そうそう。ヒラメです。ヒラメ長官のお部《へ》屋《や》です！」

「ふむ、わかりました。ではでは」

黒いマントをはためかせ、アンコウ大臣が去っていくのを見送った太郎《たろう》。

そこに、青魚がやってきた。

「さっきのはアンコウ大臣ですね？　どうしましたか？　だいじょうぶですか？」

「いや、だいじょうぶだよ。あの人もそんなに悪い人じゃないみたいだ」

「えぇー？　ダメですよ、だまされては」

「うーん、そうかな。それよりなんだい？　何か用だったんじゃないの？」

太郎《たろう》に聞かれ、青魚はポンとヒレをたたいた。

「そうですそうです！　お部屋の水漏《みずも》れ、直りました。だから、お部屋、代わっていただかなくて良くなりました」

3

そんなことがあった翌日《よくじつ》のことである。

もう水漏《みずも》れすることもなく、濡《ぬ》れたシーツも替《か》えてもらい、ゆっくり珊瑚《さんご》の間《ま》で熟睡《じゅくすい》できた浦島太郎《うらしまたろう》だったが、今度は激《はげ》しくノックする音で目が覚めた。

海底だから、朝だか夜だかわからない。

ぼんやりとした青い明かりに包まれた部屋《へや》のなか、「はいはい、今、行きますよ」と起きだした。

ドアを開けてみると、下から明かりで照らされた亀吉《かめきち》の顔がぼんやりと浮《う》かび上がっていた。

「ぎゃあぁぁあああ‼」

何度見ても慣《な》れるもんじゃない。

またまた悲鳴をあげつつ、這《は》って逃《に》げようとする太郎《たろう》。その後ろ姿《すがた》にタックルする亀吉《かめきち》。

ここまでは、いつぞやと一緒《いっしょ》である。

「太郎殿《たろうどの》、いいかげん慣《な》れてください。わたしですよ、亀吉《かめきち》です！」

「あ、あぁぁああ……びっくりした。その顔、心臓《しんぞう》に悪いよ」

「顔が心臓に悪いとは、失礼な‼　いやいや、そ、そんなことはどうでもいい。大変なんですよ‼」

「ど、どうしたんです？」

「ヒラメ長官が殺されたのです！」

「げ、げげ……マ、マジですか⁉」

ヒラメ長官といえば、つい昨日《きのう》会ったばかり。カレイ長官そっくりの穏和《おんわ》そうな人じゃないか。

「どういうことですか？」

「まぁ、とにかく来てください」

亀吉《かめきち》に言われ、大急ぎで身支度《みじたく》をした太郎《たろう》は殺人現場《げんば》となったヒラメ長官の部屋《へや》へと急いだ。

部屋《へや》の前には青魚やカレイ長官をはじめ、多くの魚たちが集まり、嘆《なげ》き悲しんでいた。

もちろん、乙姫《おとひめ》もいて、カサ子《こ》やクマ江《え》に付き添《そ》われ、泣いていた。

彼女《かのじょ》は太郎《たろう》を見るなり、「太郎様《たろう》!!」と叫《さけ》んだ。

「聞きましたよ……」

と言う太郎《たろう》に乙姫《おとひめ》がすがりつき、さめざめと泣く。

「どうして……どうしてこんなことに……」

その時、アンコウ大臣やウツボ次官、サメ次官もかけつけた。

「まったく。なんという騒《さわ》ぎですか！　やはりよそ者がいると、てきめんに、この有様《ありさま》ですな」

と、アンコウ大臣。まるで太郎《たろう》が犯人《はんにん》だと言わんばかりの言い方だ。

「ひ、ひどい！　そんな言い方はひどすぎますわ！」

泣いて抗議《こうぎ》する乙姫《おとひめ》の震《ふる》える肩《かた》に太郎《たろう》は手を置いた。

「ちょっと待っててくださいね」

「は、はい……？」

不思議そうに見上げる彼女《かのじょ》の肩《かた》から手をそっとはずし、太郎《たろう》は殺人現場《げんば》となった部屋《へや》のなかに入っていった。

いったいどうなってるのか、見ておきたいと思ったからだ。

このままでは太郎《たろう》が犯人扱《はんにんあつか》いされかねない。できれば真犯人がわかるといいのだが……。

ヒラメ長官の部屋は、太郎《たろう》が寝泊《ねと》まりしている珊瑚《さんご》の間《ま》の半分ほどの大きさだったが、それでもわりと広い。

二間に分かれていて、ひとつは応接《おうせつ》セットやデスクの置かれた部屋、続き部屋にベッドとサイドテーブルや洋服タンスの置かれた寝室《しんしつ》があった。

殺人（殺魚？）現場《げんば》は寝室だった。

太郎《たろう》の寝ている珊瑚の間と同じような天蓋《てんがい》付きベッド。その中央に平べったくなって命《いのち》尽きているヒラメ長官。かわいそうに丸い目は白目をむき、完全に事切れているのがわかる。

「うっ……！」

あまりの変わり果てた姿《すがた》に、太郎《たろう》はのどをつまらせた。

だが、そうも言ってられない。

よく観察しなければ……。

と、ベッドのすぐ上の壁《かべ》に、何やら文字だか図形だかが大きく書かれているのを見つけた。

「こ、これは……なんですか？」

そこにいた警備《けいび》の銀色のほっそりした魚に聞いてみると、彼《かれ》は銀色の目を丸くして答えた。

「はい！　それは……たぶん、ヒラメ長官が最後に書かれたものではないかと……。ペンも落ちてましたから」

「と、すると……これは、まさにダイイングメッセージ!?」

「ダイイングメッセージとはなんですか？」

「あ、あぁ。つまり、死ぬ間際《まぎわ》に書いた被害者《ひがいしゃ》のメッセージのことですよ。だいたいは犯人《はんにん》のことを知らせようとしたりね」

「ずいぶんくわしいですねぇ」

警備《けいび》の魚が感心すると、太郎《たろう》は恥《は》ずかしそうに顔の前で手を左右に振《ふ》った。

「いやいや、ちょっとね。そういう推理《すいり》小説を最近読んでたもんで」

「ほうほう。勉強家ですねぇ！　それで？　なんていうメッセージなんですか？　これは」

「うーむ、それなんですよね。問題は……」

ベッドの上の壁《かべ》には、大きく「人」と書いてあるように見えた。右側の払《はら》いの部分が伸《の》びているから、もしかすると、「て」かもしれない。

太郎《たろう》は顔を横に向けたり、ひっくり返って見てみたりして考えた。

そこに、アンコウ大臣や亀吉《かめきち》、乙姫《おとひめ》たちがやってきた。

「どうしたんだ？　何をしている!?　まさか何かごまかそうとしているのではあるまいな!?」

ふてぶてしいまでの言い方でアンコウ大臣が言う。

「ひ、ひどいですわ！　まるでそれでは太郎《たろう》様が犯人《はんにん》みたいな言い方じゃありませんか。名誉毀損《めいよきそん》で訴《うった》えますすわよ‼」

乙姫《おとひめ》が半泣きで言う。

「ほう！　訴えられるもんなら訴えてみなさい。太郎殿《たろうどの》が犯人だということになれば、当然、打ち首。もちろん、あなたのむこになどなれませんからな！」

ものすごい迫力《はくりょく》で言われると、乙姫《おとひめ》はタジタジとなってしまい、しまいにその場にしゃがみこみ、泣きだしてしまった。

「乙姫《おとひめ》様！」

「姫様‼」

カサ子《こ》やクマ江《え》がかけよる。

「あなたの言い方はたしかにひどすぎますぞ！　乙姫《おとひめ》様や太郎《たろう》殿に謝《あやま》ってください」

亀吉《かめきち》が言うと、アンコウ大臣は「ふん！」と鼻で笑った。

そして、彼《かれ》の代わりにウツボのウツボ次官が亀吉《かめきち》の鼻先に臭《くさ》い息をはきかけた。

「老いぼれは人の心配なんかしてる場合じゃないぞ。自分の身の振《ふ》り方でも考えておいたほうが身のためだぜ」

「な、な、なんですと⁉」

亀吉《かめきち》が頭から湯気を出し、赤と黒のまだら顔になって突《つ》っかかっていった時、太郎《たろう》が聞いた。

「すみません。この竜宮《りゅうぐう》に、大臣は何人いらっしゃるんですか？」

「はぁぁ⁇」

いったい今頃《いまごろ》、何を言い出したのか？　と、その場にいた全員がポカンとした顔で太郎《たろう》を見た。

彼《かれ》は軽く首を傾《かし》げ、微笑《ほほえ》んだのだった。

4

「いえ、ですからね。この竜宮《りゅうぐう》には、大臣と名の付く方は何人いらっしゃるんでしょう？　こちらのアンコウ大臣の他《ほか》にはどなたがいらっしゃいますか？」

あっけらかんとした顔の浦島太郎《うらしまたろう》。

亀吉《かめきち》はゴホン！　と、咳払《せきばら》いをし、息を整えた。

「そ、それは……彼《かれ》だけですな。大臣は……」

「なるほど。であるなら……」

太郎《たろう》はクルっとアンコウ大臣のほうを向き、その黒光りした顔を指さした。

「犯人《はんにん》はあなたです！」

一瞬《いっしゅん》、間が空いた。

誰《だれ》もがゴクリとのどをならし、目をパチクリさせた。

ゲホっと苦しげに咳払いし、アンコウ大臣がぎろりと目玉を光らせた。

「な、な、、、なんだとぉおぉおおおおお⁉」

みんなその声の恐《おそ》ろしさに肩《かた》をすくめた。

「た、太郎殿《たろうどの》、いくらなんでも、そんなことをおいそれと言ってはいけませんぞ！　なぜアンコウ大臣がヒラメ長官を殺す必要などありますか？　太郎《たろう》殿を……というのなら、わからないでもないが……」

亀吉《かめきち》が言うと、アンコウ大臣は額《ひたい》からぶら下げた提灯《ちょうちん》をバチバチと光らせ、すごんでみせた。

「またまた、なんという暴言《ぼうげん》を‼　おまえ、明日《あした》の朝飯、無事に食べられると思うなよ！」

しかし、亀吉《かめきち》もそこはグっと腹《はら》をすえ、見返す。

「ほうう！　そうおっしゃいますが、あんたが次期政権《せいけん》を狙《ねら》い、乙姫《おとひめ》様のむこ取りを快《こころよ》く思っていないのは誰《だれ》もが知っていることですぞ」

「ふん、何をたわけたことを！　わしの願いはこの竜宮《りゅうぐう》の平和だけ。乙姫《おとひめ》様に良きむこが来られ、竜宮が安泰《あんたい》ならば何の不足もあるものか！　わしは喜んでその手伝《てつだ》いをしましょうぞ！」

「ほおお、よく言われた。その言葉、二言はないですな⁉」

「もちろんじゃ‼」

赤黒く顔をマダラにしている亀吉《かめきち》と、黒光りする顔で提灯《ちょうちん》をバチバチいわせているアンコウ大臣。

その横で、太郎《たろう》が頭をかきかき、「えーっと……説明してもいいですか？」と気弱な調子で切りだした。

もちろん、みんなはそれを待っているのだから、悪いなんて言うわけがない。またまたのどをゴクリとならし、彼《かれ》に注目した。

太郎《たろう》は例のダイイングメッセージを指さした。

「これ、最後の力を振《ふ》りしぼって、ヒラメ長官が書いたものらしいんですが……。ええ、それは確実《かくじつ》です。ちゃんとペンも床《ゆか》に落ちていたのを発見しましたし。つまり、これはダイイングメッセージなんです」

「ダイイングメッセージ⁇」

みんなに聞かれ、太郎《たろう》はうなずいた。

「はい。さっきも警備《けいび》の方に説明しましたが、これは犯人《はんにん》を特定するためにヒラメ長官が書いたものだと思われるんです。ただし、すぐにそれとわかるような書き方をしては、犯人に消される可能性《かのうせい》があります。そりゃそうですよね。犯人は自分だって書かれてるのがわかれば、すぐに消しますよね？」

　そう聞かれ、みんなうなずきあった。

「そりゃそうだよな」

「たしかに……」

「しかし、なんて書いてあるんだ？　『人』か？　それとも『て』？」

「『＜』かも。矢印ですよ」

　などと勝手な推理《すいり》を始める。

　それを亀吉《かめきち》が制《せい》した。

「まぁまぁ、静かにここは太郎殿《たろうどの》の話を聞きましょう。つまり、これがアンコウ大臣を指す暗号になっているのだと、そうおっしゃりたいのでしょう？」

「はい。そうです……これはどう見ても『人』だと思うんです。ただし、ものすごーく大きな『人』です。『人』というのは『ひと』とも読みますが、もうひとつ読み方がありますよね？」

そう聞かれ、乙姫《おとひめ》がぽつっとつぶやいた。

「『じん』……？」

「はい、そうです。つまり、ものすごーく『大きな』『じん』なわけですから……？」

さすがにこのあたりで、みんな理解《りかい》した。

解《と》けてみれば、なんてことない。笑ってしまうような暗号だ。

「『大きな』『じん』……『だいじん』、『大臣』……」

乙姫《おとひめ》がつぶやくと、みんないっせいに感心した。

「そうか！　そうだったのか!!」

「大臣ねぇ！　よくまぁ、そんないまわのきわに思いついたよね」

「というか、これ、気づいてもらえたからよかったものの、わからなかったらどうしたんだろう」

「でも、やっぱりここに『大臣』って書いたら、犯人《はんにん》は消すでしょう?」

「そかそか」

またまたみんなが勝手に話し始めた。

たったひとり、真《ま》っ青《さお》な……いや真っ黒な顔で冷や汗《あせ》をかいているのがアンコウ大臣だった。

亀吉《かめきち》は苦々しい顔で、大臣のほうを向いた。

「アンコウ大臣、いいかげんに白状《はくじょう》してはいかがですか?」

「ぬぅうう……だ、だが、おまえもさっき言ってたではないか。わしには動機がない。そうだ。ヒラメ長官なんぞを殺す動機がない!!」

全身、雨のなかを歩いてきたのかと思うほど、汗《あせ》でびっしょりになったままアンコウ大臣がわめいた。

すると、太郎《たろう》が一歩前に出た。

「アンコウ大臣、あなたはわたしとヒラメ長官を取り間違《まちが》えたんですね?」

これには、アンコウ大臣、アンコウなのにカニのように口から泡《あわ》を吹《ふ》き、目をカッと見開いた。

「ぬ、ぬぅ、な、な、何をぉ？」

「だって、ほら……。昨日《きのう》の晩《ばん》、廊下《ろうか》であなたと話した時、ぼくの寝泊《ねと》まりしている部屋《へや》に水漏《みずも》れがしたからって、カレイ長官の部屋に代えていただいたって言いましたよね？」

「そ、そ、そうだったか……な？」

「あ、あれ……？　そうか。カレイ長官であって、ヒラメ長官ではないか……？　あ、あれ？」

と、ここで太郎《たろう》のほうが腕組《うでぐ》みをし、考えこんでしまった。

もしかして、形勢逆転《けいせいぎゃくてん》か？　と、早合点したアンコウ大臣。

「ほ、ほら見ろ！　おまえの勘違《かんちが》いではないか!!」

勢《いきお》いこんで、そう言ったが、太郎《たろう》は首を左右に振《ふ》った。

「いえ、違います。たしかに勘違いはしました。それは、カレイ長官の部屋《へや》に代わったのだと言いたかったのに、ついヒラメ長官の部屋に代わったのだと、アンコウ大臣、あなたに言ってしまったんですよ」

するると、亀吉《かめきち》が言った。

「なるほど、それも無理ないですな。カレイとヒラメ、よく似《に》てますからなぁ。ま、我々《われわれ》は間違《まちが》えたりはしませんが、ここに来たばかりの太郎殿《たろうどの》にはむずかしいでしょう」

太郎《たろう》は亀吉《かめきち》の顔をうれしそうに指さした。

「そうです！　つまり、ヒラメ長官の部屋《へや》にわたしが寝《ね》ていると思いこんでいる人物は、アンコウ大臣、あなたしかいないってことなんですよ！　あなたは、わたしと間違え、ヒラメ長官を殺しましたね？」

ここまで言われると、アンコウ大臣はさらに汗《あせ》を噴《ふ》きだし、提灯《ちょうちん》をビカビカと激《はげ》しくスパークさせた。

そして、ついに観念してしまったのか、提灯の明かりがブチっといきなり切れた。

後は、だるんだるんになってしまい、床《ゆか》に長々と伸《の》びてしまった。

あまりのことに気絶《きぜつ》したようだ。

「大臣!!」

「大臣!!」

ウツボ次官とサメ次官がその体にしがみつくが、もうビクともしない。

「どうやら、悪運つきたというところですな」

亀吉《かめきち》がため息をつきながら言うと、終始、目を丸くして太郎《たろう》を見ていた乙姫《おとひめ》が、

「太郎《たろう》様、素敵《すてき》!!」

と、ジャンプ。

太郎《たろう》の首に両手でしがみついた。

太郎《たろう》は目をシロクロさせ、乙姫《おとひめ》にしがみつかれたまま、亀吉《かめきち》に言った。
「ア、アンコウ大臣の部屋《へや》を調べてください！　たぶん、処分《しょぶん》してなければ凶器《きょうき》も見つかるはずですから……！」

★いよいよ学芸会

1

「ア、アンコウ大臣の部屋《へや》を調べてください！　たぶん……えーっと……なんだっけか」

目の前には、乙姫《おとひめ》や魚の顔をした男や女官たちや、そしてウミガメがいた。

彼《かれ》らに注目され、元《げん》は口をあぐあぐとさせた。

ま、まずい！

頭のなか、真っ白だ。

うひぃぃぃぃ‼

嫌《いや》な汗《あせ》がドっと出る。

必死に考えても、次の台詞《せりふ》がどうしても出てこないのだ。

その時、足下にズリっとすり寄《よ》ってきた毛むくじゃらな生き物がいて、元《げん》は悲鳴をあげた。

なんと、それは猫《ねこ》のラムセスだった。

「な、なんでラムセスが舞台《ぶたい》にいるんだよ!!」

元《げん》が叫《さけ》ぶが、ラムセスは平気な顔で元《げん》を見上げ、その大きなアーモンド型の目で見つめた。

そして、口を開いたのである。

「台詞《せりふ》くらい覚えておけよ。今日《きょう》は学芸会当日だぜ!?」

ガバッ!!

あんまり勢《いきお》いよく起き上がったもんだから、元《げん》は二《に》段《だん》ベッドの天井《てんじょう》に頭を思いっきり打ちつけた。

「い、いてててて……!!」

や、やべぇ。おでこにたんこぶが……‼

涙《なみだ》が目の端《はし》にみるみるふくれあがってくるのがわかる。ツーーンと鼻の奥《おく》が痛《いた》くなった。

学芸会当日だっていうのに、なんたることだ！

「何やってんの？」

ヒョイと顔だけ逆《さか》さに見えた。

妹の亜紀《あき》だ。

時々二段《にだん》ベッドの上と下を入れ替《か》えるのだが、今はちょうど元《げん》が下で、亜紀《あき》が上だった。

そう‼

今のは当然のことながら、夢《ゆめ》だった。

ラムセスがしゃべるわけがない。

しかし……‼

もしかしたら、台詞《せりふ》が浮《う》かばなくなっちゃって、頭真っ白で棒立《ぼうだ》ちになってしまうというのは正夢《まさゆめ》かもしれない。

ううう……!!

実は、今日《きょう》だけではないのだ。

元《げん》は何度も何度も、まさに悪夢《あくむ》にうなされていた。

それくらいに今回の舞台《ぶたい》は悪夢のようだった。

何せ台詞《せりふ》が多い。

ったく、小林《こばやし》のやつ。お願いだから、少なくしてくれって言ったのに。

「そう言われてもねぇ。主役なんだし、後半は探偵役《たんていやく》なんだからさ。ビシっと決めてくれないと困《こま》るよ」

だと。

その上、瑠香《るか》までもが、

「そうよそうよ！　これはね。前半では気が弱くて頼《たよ》りにならないイメージの浦島太郎《うらしまたろう》が、後半では目の覚めるような活躍《かつやく》をしてみせるというところが見せ場なんだからね！　台詞、かんだりしたらタダじゃすまないから！」

と、すごむのだ。

そう言われてもさぁ。プロじゃないんだから……。

何度練習しても、どうしても台本を見ないと、次が浮《う》かばない。

練習中、ため息をついてばかりの元《げん》に乙姫《おとひめ》役の高瀬成美《たかせなるみ》がアドバイスをしてくれた。

「あのね、元《げん》くん。台本って、手に持ってる間は絶対《ぜったい》に台詞《せりふ》覚えないんだって」

「そ、そうなの？」

そう言えば、成美《なるみ》はいつも台本を持っていない。

「うん。これはわたしが好きな女優《じょゆう》さんが書いた本にあったんだ。その人もね。どうしても台詞が覚えられなくって、ずっと悩《なや》んでたんだって。でも、先輩《せんぱい》の俳優《はいゆう》さんたちを見たら、台本を持っているのは最初のうちだけ。すぐに何も持たず、稽古《けいこ》をしている……だったら、自分は最初から持たなくてもいいくらい覚えようって決めたんだって」

「すごい……けど、そんなことできるのか？　ってか、それができないから困《こま》ってるのに」

「とにかくだまされたと思って、やってみてよ。もちろん、すぐには無理だろうけど、前とは違《ちが》ってくるはずだよ」

「そ、そっか……」

とは答えたものの、そんなのとうてい無理じゃないか？　と、思っていた。

台本を見ないってことは、自分の台詞《せりふ》を覚えるだけじゃなくて、他の人の台詞とか動きまで覚えてなくちゃいけない。

考えただけで気が遠くなる。

だが、いつまでも台本を持ってるわけにもいかない。日はどんどん過《す》ぎていくんだし。

焦《あせ》ってばかりでもしかたない。

成美《なるみ》の言う通り、思い切って台本を机《つくえ》に置いてみた。

でも、最初は開いて近くの机の上に置いてみた。

だから、自分の台詞が近づいてくると、チラチラ見て確認《かくにん》する。

すると、成美《なるみ》がこっちを見て「だめだよ！」という顔で首を横に振《ふ》った。

しかたない。こうなりゃ、間違《まちが》ったってかまうもんか！

元《げん》はため息をつきつつ、台本を閉《と》じた。

すると不思議《ふしぎ》なもんだ。みんなの演技《えんぎ》が見えて台詞《せりふ》も聞こえてきた。

亀吉《かめきち》役の大木登《おおきのぼる》が大きな体をゆすって笑ってみせたり、バカ田《ダ》トリオが緊張《きんちょう》した顔で突《つ》っ立ったまま演技《えんぎ》してたり、成美《なるみ》が雰囲気《ふんいき》を出すために長いスカーフを肩《かた》にかけていたり。

そんなことさえ、ちっとも目に入ってなかった。

……そうなんだ！

今までは台本ばかり目で追っていて、みんなの演技を見てもいなかったし、台詞を聞くこともしてなかった。

これじゃ、芝居《しばい》にもなんにもなってない。

目からウロコとはこのことだ。

元《げん》はそれから、つっかえつっかえ、しどろもどろではあったが、ようやく浦島太郎《うらしまたろう》になっていった。

うまくいかないとかっこつかないし、くやしいから、暇《ひま》さえあれば台本を読む。台詞をたたきこんだり、動きの練習をしたりしてみた。

こうしてなんとか学芸会当日までには、すべての台詞《せりふ》を覚えることができ、昨日《きのう》のリハーサルでも最後まで止まらずに行けた元《げん》だったのだが……それでも、やっぱりこういう夢《ゆめ》を見てしまう。

頼《たの》むぜえぇ……！　オレ。

元《げん》は心からそう祈《いの》るのだった。

2

学校に行ってみると、校門には六年生が作った「銀杏《いちょう》が丘《おか》第一小学校学芸会」というにぎにぎしい看板《かんばん》が立っていた。

保護者《ほごしゃ》たちの姿《すがた》もチラホラ見える。

実際《じっさい》に学芸会が始まるのは朝礼が終わってしばらくたってから。

体育館で行われるため、父母《ふぼ》用の折りたたみ椅子《いす》がずらりと並《なら》んでいる。生徒たちは床《ゆか》に体育座《ずわ》りで見ることになっていた。

ビデオカメラをセッティングして、自分の子供《こども》の出番を今か今かと待ちかまえている人たちも多い。

元《げん》の両親ももちろんスタンバイしている。それどころかわざわざ遠方から電車に乗って親戚《しんせき》まで来ていた。


一年生から順番に演目《えんもく》が行われていくため、元《げん》たちの出番は十一時半くらいである。

低学年のかわいい歌や演奏《えんそう》、ダンスを見ながら、みんな緊張《きんちょう》や期待で興奮《こうふん》した顔をしている。

元《げん》はというと、口のなかがすぐ渇《かわ》いてしまって困《こま》った。

やっべぇ！　こりゃ、そうとう緊張してるぞ。

青い顔でため息をついていると、前の列に座《すわ》っていた河田一雄《かわだかずお》がヒョイと振《ふ》り返った。

「おい、元《げん》。何、深刻《しんこく》な顔してんだよ」

「え？　あ、ああ……いや、なんでもない」

「ふん、どうせ出番のこと考えて緊張してんだろ」

言い方は意地悪だったが、意外と優《やさ》しげな顔つきだ。

元《げん》はウソをついてもしかたないとあきらめ、うなずいてみせた。

すると、河田《かわだ》はニヤリと笑い、元《げん》の肩《かた》をたたいた。

「まぁ、でもさ。オレたち、プロじゃないんだから、別にいいんじゃないの？　間違《まちが》ったって。ただ大きな声だけは出していこうぜ。何言ってるか、わからないのはつまんねえ。見送り三振《さんしん》みたいなもんだ。どうせだったら空振《からぶ》り三振しようぜ」

「そ、そうだな。うん、がんばるよ」

河田《かわだ》のアドバイスは気がきいていたし、元《げん》の気持ちをリラックスさせてくれた。

ふうん、こいつ、いいとこあるじゃん。いつもはもっとも委員長の似合《にあ》わない男だが。

いやいや、今回は彼《かれ》だけじゃなく、バカ田《ダ》トリオ全員、気持ちが悪いくらいに協力的だった。

大いに見直した時、河田《かわだ》は、元《げん》の後ろにいる小林《こばやし》に声をかけた。

「おい、小林《こばやし》。五場から六場への場面転換《てんかん》だけどさ、やっぱ屏風《びょうぶ》の柱が倒《たお》れたり、ばらけるとまずいから、外からひもでしばろうと思うんだ」

「ああ、あそこか。いいよ、やりやすいようにやってくれれば。ひもはあるのか？」

「うん、あるある。島田《しまだ》が持ってきた。なぁ！　そうだよな？」

そう聞かれ、前のほうに座《すわ》っていた島田実《しまだみのる》がクルンと振《ふ》り向いた。

同時に隣《となり》にいる山田一《やまだはじめ》も振り向く。

ふたりは顔を見合わせ、ポカンとした顔。

「ばか。だから、ほら、例のひもだ、ひも！　後ろのセットをまるめた時にしばるやつだ」

河田《かわだ》に念をおされ、島田《しまだ》は「ああ‼」と叫《さけ》んだ。

「持ってきた、持ってきた！」

「ふん、ならいいんだ。前、向いてろ！」

リーダーの河田《かわだ》に言われ、島田《しまだ》と山田《やまだ》は素直《すなお》に前を向いた。

さっきから彼《かれ》らが言ってるのは、例の……夢羽《むう》が提案《ていあん》した屏風《びょうぶ》のセットのことだ。

最初、浦島太郎《うらしまたろう》がカメを助けるシーンは空を描《か》いた面を表にして置いてある。

浦島太郎《うらしまたろう》の家のシーンでは、折って四角柱にして、家の柱のようにして置く。

竜宮城《りゅうぐうじょう》のシーンでは、海のなかの絵を描《か》いたほうを表にし、広げて置く。

問題の、浦島太郎《うらしまたろう》が事件《じけん》を解決《かいけつ》するシーンでは、再《ふた》び四角柱にして置き、柱のように見せる。

最後、浦島太郎《うらしまたろう》が陸の世界にもどり、おじいさんになってしまうというシーンでは、再び空の面を見せて、広げて置くことになっていた。

その……広げたり折ったりという作業をバカ田《ダ》トリオがやると、自ら言いだした。

自分たちの考えたミュージカルに決まらなかったと、最初のうちは文句《もんく》を言っていた彼《かれ》らだったが、今やすっかり協力的になった。瑠香《るか》などは最初気味悪がっていたくらいだ。

「おい、大輝《たいき》ぃ、おめえもがんばれよ。ふだん、学校来《こ》ねえ分、役に立てよ！」

河田《かわだ》の隣《となり》には吉田大輝《よしだたいき》が座《すわ》っていた。長い髪《かみ》で色白、一見すると女の子のように見える。

彼《かれ》は三年の二学期に、この学校に転校してきたのだが、転校とは名ばかりで。一度も登校していない。

ただ、以前クラスで行った移動教室《いどう》の時以来、少しずつ仲良くなってきた。特にバカ田《ダ》トリオとは結構《けっこう》気が合うようで、時々休みの時に遊んだりしているらしい。

今回は、なんと照明班《しょうめいはん》をすることになった。

どうしても照明班がひとり足りないからだが、彼《かれ》もそんなにいやそうではない。

もうひとりの照明班、安山浩《やすやまひろし》とさっきから何度も打ち合わせをしたりしていた。


それにしても、みんなよくがんばった。

元《げん》は、この一ヶ月ほどのことを思い出していた。

美術班《びじゅつはん》の高橋冴子《たかはしさえこ》、溝口健《みぞぐちけん》、金崎《かねざき》まるみは屏風《びょうぶ》に絵を描《か》いたり、小道具を作ったりと、毎日のように残ってやっていた。

衣装班《いしょうはん》の木田恵理《きだえり》、水原久美《みずはらくみ》、桜木良美《さくらぎよしみ》も、みんなが持ってきた浴衣《ゆかた》をアレンジしたり、黒い紙でチョンマゲのカツラを作ったり。元《げん》は何度もそのカツラをかぶらされたが、坊主《ぼうず》に近い短髪《たんぱつ》だからちょうどよかった。

それより困《こま》るのは化粧《けしょう》だ。

なんで浦島太郎《うらしまたろう》が化粧《けしょう》なんかしなきゃいけないのか、元《げん》にはさっぱり理解《りかい》できないのだが、ちゃんと塗《ぬ》らないとダメだと言われ、顔にはファンデーションを塗りたくられ、眉《まゆ》や目にもラインを入れられた。頬紅《ほおべに》もつけられ、気持ち悪くてしかたなかった。

その点、女子たちはみんな喜んで化粧していた。髪《かみ》をアップにしたり、髪飾《かみかざ》りをつけたり……。

女っていうのは、なんでああいうことにあれだけ興奮《こうふん》するのか。

元《げん》たち、男子から見ると、お祭り騒《さわ》ぎである。

音楽もかなりうまくいった。内田里江《うちだりえ》が浦島太郎《うらしまたろう》の歌をいろいろにアレンジした。ダンスも入れ、ミュージカルっぽく歌うシーンもたくさんある。伴奏《ばんそう》は主に里江《りえ》がピアノでつける。

昨日《きのう》のリハーサルでも、何度も練習した。

そうそう。すっかり裏方《うらかた》に徹《てっ》している夢羽《むう》だが、歌は歌うことになった。浴衣《ゆかた》を着て、長い髪を後ろでしばり、冴子《さえこ》、久保《くぼ》さやか、栗林素子《くりばやしもとこ》といっしょに歌うのだが……これがまたなんとも美しい。

その上、なかなか歌もうまい。

みんなでいっしょに歌っても、夢羽《むう》の声だけよく通るのだ。

それにしても……。

元《げん》は、思った。

劇っていうのは、ほんとに大変だ。演出《えんしゅつ》、台本《だいほん》、美術《びじゅつ》、音楽、照明《しょうめい》、衣装《いしょう》、そして役者……。たくさんの人たちの力が必要で、チームワークも良くなくちゃいけないのだから。

元《げん》たちのクラスはまとまってるほうではないか。

他のクラスでは、仲間割《わ》れがあったりして、大変だったという話も聞く。

まぁ、リーダーが瑠香《るか》だからな。

たぶん、彼女《かのじょ》だから今までやってこられたのかもしれない。

元《げん》は、ふっと瑠香《るか》のほうを見た。

彼女《かのじょ》は下級生たちの演奏《えんそう》を楽しそうに見ていた。

余裕《よゆう》だよなぁ……ったく。

すると、元《げん》の視線《しせん》を感じたのか、瑠香《るか》がヒョイと元《げん》のほうに振《ふ》り向いた。

「うっ！」

元《げん》がひるむと、瑠香《るか》は片方《かたほう》の眉《まゆ》をつり上げた。

「なぁに？　なんか用⁉」

「い、いや、別に……い、いやぁ……余裕《よゆう》あんなぁと思ってさ」

つい口をすべらすと、瑠香《るか》は「ははーん」とニヤニヤ笑った。

「元《げん》くん、緊張《きんちょう》してんだぁ？」

「そ、そりゃ、するだろ、普通《ふつう》」

口をとがらせる元《げん》に瑠香《るか》が言った。

「いいんじゃない？　ちょっとくらい緊張したって。だいじょうぶ。元《げん》くん、ひとりじゃないもん。これがひとり舞台《ぶたい》なら、真《ま》っ青《さお》だけどさ。みんないるからだいじょうぶだって」

「でも、わたしたちのこと、あてにされても困《こま》るけどね」

と、口をはさんできたのは、カサ子《こ》役の目黒裕美《めぐろひろみ》だ。

隣《となり》に座《すわ》っていたクマ江《え》役の三田佐恵美《みたさえみ》もゲラゲラ笑った。

「そりゃそうよ。自分のことで精《せい》いっぱいだもんね！」

「ほんとほんと。元《げん》くん、あんたにすべてはかかってるんだからね。しっかり頼《たの》むよ」

げげ、こいつら、励《はげ》ます気ゼロかよ！

せっかく珍《めずら》しく瑠香《るか》が励ましてくれていたのにな。

でも、ふたりはしょぼくれた顔の元《げん》に言った。

「だいじょうぶ！　乙姫《おとひめ》は完璧《かんぺき》だからね！」

「そそ。わたしたちはあてにされても困《こま》るけど、成美《なるみ》ちゃんに助けてもらえばいいよ！」

「成美《なるみ》ちゃん、ほんとにうまいよね。彼女《かのじょ》くらいだよね、『演技《えんぎ》』してるのは」

つい瑠香《るか》が本音で言うと、裕美《ひろみ》と佐恵美《さえみ》はあきらかに気分を害したように顔を見合わせた。

「ひっどいなぁ！　わたしたちだって、いちおう『演技』してるんですけど⁉」

「そうだよ。ま、成美《なるみ》ちゃんには及《およ》ばないけどねー」

「そりゃそうだよ。だって、彼女、プロダクションに入るんでしょ？　専門《せんもん》に演技の勉強もしてるって言うしさ」

「比較《ひかく》されてもねぇー‼」

ふたり、口をそろえてぶうぶう言うのを瑠香《るか》は苦笑しながらなだめた。

「ごめんごめん、そうだね。ま、それに裕美《ひろみ》ちゃんたちもすっごく良くなったもん。わたしなんか絶対《ぜったい》できないから！」

単純《たんじゅん》なふたりはそう言われると、すぐに機嫌《きげん》を直した。

それにしても……。

たしかに、成美《なるみ》はすごいと思う。

自分のことだけでなく、他の役についてもいろいろ研究しているらしく、演技指導《えんぎしどう》もしていた。

瑠香《るか》は他《ほか》のことで忙《いそが》しかったから、演技についてはほとんど成美《なるみ》が指導していたようなもんだ。

やっぱりプロになろうと思ってるんだろうな。

こんな歳《とし》の頃《ころ》から将来《しょうらい》なりたいものがはっきりしているなんて。いったいどういうんだろう……？

元《げん》は感心しつつ、ハっと我《われ》に返り、頬《ほお》をパンと両手でたたいた。

他人事《ひとごと》じゃないんだ‼

しっかりしなきゃ。

3

さて。

いよいよ本番である‼

エンジ色の幕前《まくまえ》、左端《ひだりはし》に浴衣《ゆかた》を着た女の子たちが四人立った。

さやか、素子《もとこ》、冴子《さえこ》、そして夢羽《むう》。

左端は夢羽《むう》だ。

色白の彼女《かのじょ》は体育館に突如《とつじょ》舞《ま》い降《お》りてきた天女のように美しく、父母《ふぼ》たちも驚《おどろ》きの声をあげた。

「『ミュージカル　浦島太郎殺人事件《うらしまたろうさつじんじけん》』を始めます！」

瑠香《るか》が大きな声で言うと、暗くなった会場は大きな拍手《はくしゅ》で包まれた。

スポットライトが四人の女の子にあたる。舞台脇《ぶたいわき》に置かれたピアノの前に座《すわ》った里江《りえ》が演奏《えんそう》を始めると、会場が静まりかえった。

「むかしむかし　浦島《うらしま》は
助けたカメに連れられて
龍宮城《りゅうぐうじょう》へ来て見れば
絵にもかけない美しさ」

四人の歌が終わると同時に、幕《まく》が両側に開いていった。

照明が明るくあたった舞台。バックには空の絵が描《えが》かれた屏風《びょうぶ》が立てられ、その前には亀吉役《かめきちやく》の大木《おおき》が背中《せなか》に段《だん》ボール製《せい》の甲羅《こうら》を背負い、頭にカメのお面をつけ、座りこんでいた。

ピアノの横に立った溝口《みぞぐち》が、小豆《あずき》が入った木箱をマイクの前で上下に揺《ゆ》らす。こうすることで、「ざざざ、ざざざ……」と、波の音を出すことができるのだ。

「ふうぅ……、くたびれた。それにしても、なかなか見つからないもんだなぁ……。いやいや、見つかりはしたんだ。でも、もっと細い顔がいいだの、歯は白いほうがいいだのとうるさいったらない。まったく。時間がないんだから、乙姫《おとひめ》様もその辺をわかってほしいもんだ」

大木《おおき》はそう言うと、首を左右に振《ふ》りながらふうふうとため息をついた。

下級生たちがクスクス笑っている声が聞こえるが、おおむね滑《すべ》り出しは良好のようである。

その時、元《げん》は着物を着て短い袴《はかま》もつけ、チョンマゲ頭に化粧《けしょう》も完了《かんりょう》。釣《つ》り竿《ざお》を肩《かた》にかけ、スタンバイをしていた。

「だいじょうぶ、だいじょうぶ。元《げん》、浦島太郎《うらしまたろう》にしか見えないって」

黒いビニール袋《ぶくろ》で作った衣装《いしょう》をつけた小林《こばやし》が声をかけてきた。

彼《かれ》はアンコウ大臣の役なのだ。

彼《かれ》は黒いビニール袋《ぶくろ》をぺたぺた貼《は》ったヘルメットをかぶっている。ヘルメットの上からは針金《はりがね》で、小さなライトがつり下げられていた。

そのライト、ものすごくこっていて、小林《こばやし》が手元で操作《そうさ》すると、ピカピカ光るようになっているのだ。

これは主に小林《こばやし》本人が考えたのだが、夢羽《むう》も仕掛《しか》けの部分は手伝《てつだ》ったという話だった。

「それ、どうだ？」

元《げん》のすぐ横から、ひょいと顔を出したのは、夢羽《むう》本人だった。

「ああ、これかい？　だいじょうぶだいじょうぶ」

小林《こばやし》は笑うと、手元のスイッチを押《お》してみせた。

すると……!!

バチバチバチっとものすごい音を出し、ヘルメットのてっぺんからぶら下がっているライトが火花を出したではないか。

「ひ、ひぇぇ!!　お、脅《おど》かすなよぉ！」

元《げん》は出番前だというのに、心臓《しんぞう》が止まりそうなほど驚《おどろ》いた。

「ごめんごめん。あ、ほら、そろそろ出番だよ」

小林《こばやし》に言われ、あわてて舞《ぶ》台袖《たいそで》に行く。

舞台の上では、大木《おおき》の扮《ふん》した亀吉《かめきち》が悪ガキに扮したバカ田《ダ》トリオに虐《いじ》められるシーンだった。

ひっくり返そうとするのだが、大木《おおき》が大きすぎてなかなかひっくり返らない。

そのようすがおかしいからか、会場からは大きな笑い声が起こっていた。

「おお、受けてる受けてる！」

小林《こばやし》が喜ぶ。

「いい感じね。ほら、元《げん》くん。がんばって。お腹《なか》に力入れて、大きな声出すのよ‼」

台本を片手《かたて》にやってきた瑠香《るか》に、元《げん》はドーンと背中《せなか》をどつかれた。

「う、うん！」

そのままの勢《いきお》いで、舞台《ぶたい》に出る。

う、うわっ‼

パッと明るい照明が目に入った。

お、大きい。

見慣《みな》れているはずの……昨日《きのう》だってリハーサルしたばかりの体育館がものすごく広く感じられる。

ひ、ひょえぇー！

舞台ではひっくり返された大木《おおき》の横で、バカ田《ダ》トリオがはやしたてている。

その横を気づいているけど、気づかないふりをして歩いていく元《げん》……いや、太郎《たろう》。

「ちょっとぉー‼　そこの人。助けてください！　まさかこのまま見捨《みす》てたりしませんよねぇ？」

大木《おおき》が呼《よ》びかけた。

元《げん》ははっと振《ふ》り返り、後ろ頭をかいた。

「い、いやぁ……はははは。えーっと、ど、どうしたんですか？」

大きな声、大きな声……と思ってたから、つい声が裏返《うらがえ》ってしまった。

ドっと会場から出る笑い声。

おおおお！　こんなことで受けるのか??

元《げん》はそのことが意外だったし、無性《むしょう》にうれしかった。

そして、なんだかうまくやれそうな気がしてきた。


二場の太郎《たろう》の家の場面もうまくいった。

亀吉《かめきち》が太郎《たろう》を迎《むか》えにくるシーンだ。

そこでも、元《げん》と大木《おおき》のやりとりがおかしいらしく、会場からは何度も笑い声が起こった。

「おい、大木《おおき》。オレたち、受けてるらしいぞ」

「あぁ、ほんとだなぁあ！」

二場が終わり、舞台袖《ぶたいそで》にもどりつつ、元《げん》と大木《おおき》はお互《たが》いの腕《うで》をグングン押《お》しつけあった。

舞台の上では、また夢羽《むう》たち四人のコーラス隊が幕の前で歌を歌っている。

その間に、舞台の場面転換《てんかん》……（といっても、柱になっている屏風《びょうぶ》を広げて、海の絵の面にするだけ。あとは椅子《いす》や飾《かざ》りを置くぐらいだ）。

そのようすを見ながら、しばらく出番のない元《げん》と大木《おおき》が少しホっとしていると、そこに血相《けっそう》を変えてカサ子《こ》役の裕美《ひろみ》がやってきた。

「ちょ、ちょっとぉ！　成美《なるみ》ちゃん、知らない？」

「ええ??」

「成美《なるみ》ちゃんよ。乙姫《おとひめ》!!」

「それはわかるけど、どうかしたの?」

元《げん》が聞くと、裕美《ひろみ》が目を引きつらせて言った。

「さっきから捜《さが》してるんだけど、どこにもいないのよ!!」

4

どうやら、成美《なるみ》の姿《すがた》を最後に見たのは、裕美《ひろみ》だったらしい。

衣装《いしょう》も着替《きが》え、メイクも終わり、すっかり用意が整ったカサ子《こ》役の裕美《ひろみ》、クマ江《え》役の佐恵美《さえみ》、そして乙姫《おとひめ》役の成美《なるみ》。

三人で三場のおさらいをしようと言っていたのだが、成美《なるみ》はちょっとトイレに行くと言っていなくなった。

そのまま誰《だれ》も見ていないというのだ。

「う、うそ! だって、すぐ乙姫《おとひめ》の登場シーンだぜ!?」

「そうなのよ。だから、焦《あせ》ってるんじゃないの‼」

「どこに行ったんだろう。あ、トイレで何かあったとか？」

と、大木《おおき》が聞く。

「何かって、何よ！」

すごい剣幕《けんまく》で裕美《ひろみ》に言われ、大木《おおき》はたじたじと引き下がった。

「とにかくトイレにはいなかった！　少なくとも、体育館のトイレにはね！」

「そっか……でも、とにかく早く捜《さが》さないと……。この後、すぐに登場だっけ？」

元《げん》に聞かれ、裕美《ひろみ》ははき捨《す》てるように言った。

「そうよっ‼」


『浦島太郎《うらしまたろう》』で乙姫《おとひめ》がいなくなるというのは、ものすごく困《こま》る。

もうそれで終わりだ。

「ちょっと！　どういうこと？　成美《なるみ》ちゃんがいないだなんて」

そこに瑠香《るか》が目を三角にしてやってきた。

「わたしに文句《もんく》言われたって困《こま》るわよ！」

裕美《ひろみ》が言い返すと、瑠香《るか》はビシっと言った。

「そんなこと、誰《だれ》も言ってやしない。それより、とにかくなんとかしなきゃ。いないわけないいんだから！　あと、何かで舞台《ぶたい》をつながなきゃ！」

「つなぐ⁉」

「そうよ。……そうだ！　ちょっと、フィッシュダンサーズ‼」

フィッシュダンサーズというのは、本来、四場のパーティーシーンで登場する歌ったり踊《おど》ったりする魚たちのことだ。

彼《かれ》らは黒いスパッツに黒いタートルネックのシャツを着て、その上からヒラヒラの布《ぬの》や銀色のテープを飾《かざ》り、頭にはタイやタコ、クラゲ、カニのお面をつけている。

実は、瑠香《るか》自身もそのひとり。

同じように黒ずくめの格好《かっこう》で、水色のきらきら光るスカーフを首に巻《ま》いている。頭につけたお面はクラゲ。

「なに？」

「どうした？」

「知らなーい。瑠香《るか》ちゃん、なんなの？」

口々に言いながら瑠香《るか》の前にダンサーズの竹内徹《たけうちとおる》、佐々木雄太《ささきゆうた》、まるみがやってきた。

彼《かれ》らに彼女《かのじょ》は言った。

「お願い。なんにも言わずに、今から舞台《ぶたい》に出て踊《おど》ってちょうだい」

そう言ったって、何も言わないわけにはいかない。

「えぇぇー？　なんで⁇」

「何の踊りを⁉」

「聞いてねえぞ」

当然、みんな顔を見合わせ、口をとがらせ、目を丸くし、瑠香《るか》を質問責《しつもんぜ》めにした。

彼女《かのじょ》は眉《まゆ》をつり上げ、キッパリ言った。

「何も言わずにって言ったでしょ！　ほら、さっさと行く。四場の踊《おど》りでいいから」

「でも、江口《えぐち》、音楽は？」

小林《こばやし》が聞くと、彼女は眉間《みけん》にシワを寄《よ》せた。

「そっかぁ‼　四場の音楽、すぐできるかな？」

四場はみんなで合奏《がっそう》することになっている。たしかに、すぐ用意しろというのは無理だ。

「どうしよう……」

さすがの瑠香《るか》も真《ま》っ青《さお》だ。

「どうするの？」

「ちょっとぉ、客席がざわざわしてきたよ」

「ねぇ、瑠香《るか》ちゃん！　どうする⁉」

みんな思い思いに不安を口にする。

グッと唇《くちびる》をかみしめた瑠香《るか》の肩《かた》に夢羽《むう》が手をかけた。

「うるさ……っ！　あ、夢羽《むう》……‼」

(うるさい！　わかってるから静かにして‼)

瑠香《るか》はのどのところまで、そんな言葉が出てきていたが、夢羽《むう》が肩に手をかけてくれたおかげで言わないですんだ。

いけない、いけない。

ここでブチ切れては学芸会が台なしになってしまう。

リーダーはこういう時、落ち着かないと……。

大きく深呼吸《しんこきゅう》。

やっと気持ちを落ち着けた瑠香《るか》は、夢羽《むう》に言った。

「夢羽《むう》、悪いけど。もう一回、歌ってくれる？　コーラス隊で。何度も出てきて歌うなんて、ちょっと変だけど、しかたない」

しかし、夢羽《むう》はスっと右手を挙げ、舞台裏《ぶたいうら》にあるドアのほうを指さした。

「その必要はないみたいだ」

「え？」

振《ふ》り返ってみると、そこには乙姫《おとひめ》役の成美《なるみ》の姿《すがた》があったのだ!!

心なしか青い顔をしている。

「成美《なるみ》ぃ、ちょっとおぉ、どこ行ってたのよぉ」

「心配したんだから。もう出番なんだよぉ!?」

裕美《ひろみ》と佐恵美《さえみ》が走り寄《よ》ろうとした。それを瑠香《るか》が押《お》しとどめた。

「いいから！　早く出て‼」

そして、成美《なるみ》に確認《かくにん》した。

「成美《なるみ》ちゃん、だいじょうぶね⁉」

彼女《かのじょ》は大きくうなずいた。

「ごめん、心配かけて。だいじょうぶだから」

「だったら、何も問題ない。さぁさぁ、みんな自分の出番の用意して！」

瑠香《るか》はにっこり笑ってそう言うと、「どうしたんだ？」「何事？」と、興味津々《きょうみしんしん》の顔でこっちを見ている他のみんなをそれぞれの持ち場に散らした。


少しだけ遅《おく》れたが、劇《げき》は再《ふた》び進行した。

心配した成美《なるみ》も、堂々とした演技《えんぎ》とよく通るきれいな声で観客たちを魅了《みりょう》した。彼《かれ》らは「なに？　子役？」「プロみたいねぇ」と、口々にほめた。

バシャ、バシャッとカメラのフラッシュがしきりに光る。

「成美《なるみ》ちゃん、だいじょうぶみたいね。はぁ、よかった……」

瑠香《るか》が舞台袖《ぶたいそで》から舞台のようすを見て、ホッとした顔でつぶやいた。

「朝食、食べすぎて、お腹《なか》でも痛《いた》かったのかなぁ？」

大木《おおき》がのんびりした声で言う。

「まさか！　おまえじゃないんだし」

元《げん》は笑いながら、成美《なるみ》のことを考えていた。

実は彼女《かのじょ》がドアを開け、舞台裏《うら》に現《あらわ》れた時、ちょうどすぐ横にいたのだ。

彼女はあきらかに震《ふる》えていた。

しかも、手にグルグルっと丸めた台本をしっかり握《にぎ》りしめていた。

あんなに台本を持たなかった彼女なのに……。

それに、台本の汚《きたな》かったこと！　汚いというか、なんというか。もうボロボロになっていて、一見しただけでは、台本かどうかもわからないくらいだった。

「すげぇ……この台本、ものすごく練習したんだろうな」

大木《おおき》も同じことを考えたんだろう。

舞台袖《ぶたいそで》に置きっぱなしになっていた成美《なるみ》の台本を手にし、ぺらぺらとめくってみせた。

そこには、びっしりと書きこみがしてあった。自分の台詞《せりふ》のところ以外でも、注意点が書いてあったのだ。

「これだけ真面目《まじめ》に練習してても、なお、震《ふる》えるほど緊張《きんちょう》してたんだな」

小林《こばやし》が言う。

舞台の上で大げさに演技《えんぎ》をする成美《なるみ》を見ながら、夢羽《むう》がつぶやいた。

「そりゃ緊張する。わたしは歌、歌っただけで冷や汗《あせ》出た」

それを聞いて小林《こばやし》は目を丸くした。

もちろん、元《げん》も大木《おおき》も同様だ。

夢羽《むう》が緊張しただなんて！

そんな三人の反応《はんのう》を見て、夢羽《むう》はちょっ

と心外だという顔をした。

「……!?」

三人を責《せ》めるように見て、首を傾《かし》げる。

「い、いやいや、悪くない悪くない！」

「そうそう。だよな？」

「そりゃそうだ。みんな緊張《きんちょう》するし」

三人はいっせいに否定《ひてい》しつつ、おかしくってしかたなかった。

その時、客席からドっと笑い声がした。

「よし、とりあえずうまくいってるぞ。おい、元《げん》、大木《おおき》、そろそろ出番だから、スタンバイしろよ！」

小林《こばやし》が言い、元《げん》と大木《おおき》はゴクリとのどをならした。

そして、どちらともなく顔を見合わせ、手をパチンとタッチした。

「がんばろうぜ！」

「うっしゃぁ‼」

5

四場は、一番派手《はで》でにぎやかな見せ場だ。

裏方《うらかた》に回っている生徒たちが、手に手に楽器を持ち、演奏《えんそう》をする。その音楽に合わせ、さっきのフィッシュダンサーズが舞《ま》い、歌うのだから。

客席も受けているようで、先生をはじめ、大人《おとな》たちも手拍子《てびょうし》までしてくれた。

特に、クネクネと腰《こし》を振《ふ》って踊《おど》ったタコ役の佐々木《ささき》は爆笑《ばくしょう》されたし、背《せ》の高いカニ役の竹内《たけうち》は自慢《じまん》ののどで、みんなを魅了《みりょう》した。

常《つね》に裏方に回っている瑠香《るか》も、この時ばかりは大張《は》り切り。タイ役のまるみと満面の笑みで踊りきった。

小林《こばやし》がアンコウ大臣役で登場すると、客席の女子たちがキャーキャー言った。

よく見れば、お母《かあ》さんたちまで言っている。

いやいや、それどころか、校長先生をはじめ、女の先生たちも黄色い悲鳴をあげているではないか！

なんだ、ありゃ！

元《げん》はその歓声《かんせい》に、ギョっとして舞台《ぶたい》から客席を見た。

小林《こばやし》はその歓声に応《こた》え、軽く両手を挙げてみせたりして。またまた「キャー、キャー!!」、声と拍手《はくしゅ》が巻《ま》き起こる。

その余裕《よゆう》！

ウツボ次官の末次要一《すえつぐよういち》、サメ次官の溝口《みぞぐち》を従《したが》えた歌とダンスが始まる。

その間、舞台袖《ぶたいそで》に引っこんだ元《げん》が大木《おおき》にぼやいた。

「まったく。校長先生までキャーキャー言ってるんだぜ？　なんだ、ありゃ」

すると、浴衣姿《ゆかたすがた》の夢羽《むう》がクスっと笑った。

「元《げん》、だいぶ余裕が出てきたんだな。客席のようすがそんなにわかるなんて」

それを聞いて、元《げん》はびっくりしてしまった。

そう言えば……。

最初は、とにかく緊張《きんちょう》しっぱなしで、客席のようすなんかまったくわからなかった。

まして、どこに校長先生がいるかだなんてわからなかったではないか。

そう考えたら、緊張《きんちょう》も解《と》けてきたのかも。

「そっかぁ。たしかにな。じゃあ、この後もうまくいくかな？」

元《げん》が心配しているのは、一番の見せ場……浦島太郎《うらしまたろう》が探偵役《たんていやく》となって、事件《じけん》の真相を暴《あば》き、アンコウ大臣をとっちめるシーンである。

あそこがうまくいかなければ、この劇《げき》の成功はない。

「うん、だいじょうぶだいじょうぶ。この分なら、大成功間違《まちが》いなしだよ！」

大木《おおき》が励《はげ》ましてくれ、元《げん》も少しその気になってきた。


さて、劇《げき》は進み、五場。

太郎《たろう》が珊瑚《さんご》の間《ま》で寝《ね》ようとして、上から水が落ちてきたもんだから、部屋《へや》を代わることとなるが、屋根の修理《しゅうり》がすぐできたため、やはり元《もと》の部屋へもどって寝るというシーン。

上から落ちてくる水は、水色のビニールひもをビリビリに引き裂《さ》いたやつで表現《ひょうげん》した。

バシャっという効果音《こうかおん》も流した。

ベッドから転がり落ちて驚《おどろ》くところもうまくいき、客席は大笑いした。

小林《こばやし》の演《えん》じるアンコウ大臣とのやりとりも良かった。太郎《たろう》役の元《げん》は、珊瑚《さんご》の間《ま》で寝《ね》て、舞《ぶ》台《たい》は暗くなり、幕《まく》が閉《し》まる。

背景《はいけい》の描《えが》かれた屏風《びょうぶ》のひとつをバカ田《ダ》トリオが折って、一本の柱にして、ひもで縛《しば》った。

そして、もうひとつの屏風は寝室の壁《かべ》ということで、そこに大きな「人」という字が書かれた紙を島田《しまだ》が貼《は》った。例のヒラメ長官が書いたダイイングメッセージである。

さて、いよいよ肝心《かんじん》の謎解《なぞと》きシーンへ突入《とつにゅう》する時、またまた事件《じけん》が起こった。

なんと、今度は浦島太郎《うらしまたろう》がいなくなってしまったのだ!!

つまり、元《げん》の姿《すがた》がどこを捜《さが》しても見当たらない!!

「ちょっと、どういうこと!? 今度は元《げん》くんだなんて。ねぇ、トイレは見てみた!? 緊《きん》張《ちょう》して、お腹《なか》こわしたんじゃないでしょうね。ねぇ、大木《おおき》くん、いつから見てないの?」

瑠香《るか》が聞く。

大木《おおき》は首を傾《かし》げた。

「さぁ……オ、オレは自分のことでいっぱいで……。小林《こばやし》のほうが知ってるんじゃないか？」

閉《し》まった幕《まく》の前でウツボ次官とサメ次官と歌って踊《おど》って、舞台袖《ぶたいそで》にちょうどもどってきた小林《こばやし》に瑠香《るか》が聞いた。

「あ、小林《こばやし》くん！　元《げん》くん見ない？」

「え？」

この後も出ずっぱりなので、出番を待っていた小林《こばやし》が眉《まゆ》を上げた。

「今度は元《げん》がいないのか？」

「そうなのよ！　んもう、いったいどうなってるの？　この劇《げき》は」

思わず瑠香《るか》がかんしゃくを起こしそうになる。それを小林《こばやし》がなだめるため、手を挙げた。

「わかった。とにかく手分けして捜《さが》そう。もう幕は開いてしまったし……うーん、よし！　オレたちがもう一回歌うよ。ほら、ウツボ、サメ、行くぞ！」

と、スタンバイしていたウツボ次官役の末次《すえつぐ》とサメ次官役の溝口《みぞぐち》を引っ張《ぱ》っていった。

「え？　なに⁇」

「なんだよ？　どこ、行くんだ？」

わけもわからず、ウツボ次官とサメ次官は引きずられていく。

それを見送り、瑠香《るか》はみんなに言った。

「元《げん》くんを捜《さが》して！　浦島太郎《うらしまたろう》のいない『浦島太郎《うらしまたろう》』だなんて、あり得ないんだから‼」


「どういうこと？」

「元《げん》くん、いないんだって」

「うそ。乙姫《おとひめ》の次は浦島太郎《うらしまたろう》か⁉」

「まったく、どういうのよ」

「どこに行ったんだ⁇」

「その辺で寝《ね》てるのかもよ」

「まさか！」

思い思いのことを言いつつ、みんなで手分けして捜《さが》した。

舞《ぶ》台袖《たいそで》、舞台裏《うら》、幕《まく》の後ろ、体育館のトイレ……。

それでも見つからない。

「そうだ。成美《なるみ》ちゃん、さっき……あなたどこに行ってたの？」

瑠香《るか》に聞かれ、成美《なるみ》は唇《くちびる》をかみしめた。

「そうだよ。いったいどこ行ってたのよ！」

裕美《ひろみ》も目をつり上げて聞いた。その横には佐恵美《さえみ》もいて、成美《なるみ》を見つめた。

成美《なるみ》は決まり悪そうに答えた。

「わ、わたしは……体育館の裏口出たとこ」

「うそ！　なんであんなところに？」

「だ、だって……頭が真っ白になって、震《ふる》えが止まらなくなったんだもの。このままだと失敗すると思って、台本をもう一度読み直してたの。これ、全部読み終わったら、もうだいじょうぶだって感じがして。でも、あんなに時間たってただなんてわからなくって。ごめん！」

それを聞いて、裕美《ひろみ》はあきれつつも納得《なっとく》した。

「なるほどね……でも、成美《なるみ》ちゃんみたいに上手《じょうず》な人がそんなに緊張《きんちょう》してただなんてびっくりするけど」

「そんなことないよ。プレッシャーはすごかったんだから。瑠香《るか》ちゃんからは、ものすごく期待されてるし。うまくいって当たり前って空気あったでしょう？　今日《きょう》はうちのパパもママも来てるし。特にママは今日の出来で、次のオーディションを何にするか決めるとまで言ってたし」

驚《おどろ》いたことに、成美《なるみ》は目を真《ま》っ赤《か》にしていた。

これはそうとうのプレッシャーだったんだろう。単なる学芸会という域《いき》を超《こ》えている。

裕美《ひろみ》も佐恵美《さえみ》も顔を見合わせた。

「瑠香《るか》、今は元《げん》くんを捜《さが》さないと‼　小林《こばやし》くんたちも、さすがにもう引き延《の》ばせないみたいよ！」

冴子《さえこ》が瑠香《るか》に耳打ちした。

たしかに、小林《こばやし》も末次《すえつぐ》も溝口《みぞぐち》も、汗《あせ》びっしょりで声もかすれ始めている。

とはいえ、そう言われても、どこをどう捜《さが》してもやっぱり元《げん》はいないのだ！

「あぁぁ、どうしよう‼　まったくぅ。出てきたら、ぶっ殺してやる！」

瑠香《るか》は真《ま》っ青《さお》な顔で、両手を握《にぎ》りしめた。

そうだ。こんな時、夢羽《むう》だったらなんとかしてくれるんじゃないか⁉

そう思いつき、パッと顔を上げた。

困《こま》った時には、なんといったって夢羽《むう》だ‼

すがるような思いで視線《しせん》を巡《めぐ》らす。夢羽《むう》は舞台袖《ぶたいそで》から舞台のようすを見ていた。

「ねぇ、夢羽《むう》！　どうしたらいいと思う？　助けてよ‼」

声をかけると、彼女《かのじょ》はクルっと振《ふ》り返った。

「元《げん》を最後に見たのは？」

「さ、さぁ……？　さっきまで舞台《ぶたい》の上にいたんだもん、小林《こばやし》くんと」

そう。浦島太郎《うらしまたろう》はアンコウ大臣に呼《よ》び止められ、部屋《へや》のことを聞かれたのだ。その
シーンの後、太郎《たろう》ひとりになり、舞台が暗くなり、幕《まく》が閉《し》まった。そして、屏風《びょうぶ》などを
移動《いどう》させたり……という作業があったはずだ。

その間、元《げん》を見た者がいない……？

「ねぇ、本当に誰《だれ》も元《げん》くんを見てないわけ？」

舞台袖《そで》や舞台裏《うら》にいたみんなに瑠香《るか》はもう一度聞いたが、全員首を傾《かし》げた。

その時、バカ田《ダ》トリオが目に入った。

彼《かれ》らも青い顔をして、何やら言い合っている。

「ちぇ、元《げん》のやつ、肝心《かんじん》な時に逃《に》げやがって」

「あーあ、こりゃ失敗だな！　おい江口《えぐち》、どうすんだよ」

「そうだ。江口《えぐち》、どうすんだよ！」

……とかなんとか。いつもだったら、人の気持ちを逆《さか》なでするようなことをわざわざ大きな声で言いにくるやつらが、今は神妙《しんみょう》な顔つきをしている。

さすがに、事の重大さがわかっているらしいと、瑠香《るか》は思った。

と、その時、良美《よしみ》が手を挙げた。

「ねえ。わたし、ここにずっといたけど、元《げん》くんはこなかった」

彼女《かのじょ》は舞台袖《ぶたいそで》から客席に続いているドアの前に立っていた。

「こっちのドアからも出て行ってないよ」

さっき成美《なるみ》が現《あらわ》れた、体育館の外に出るドアの前に立っていたさやかも言う。

「いったいどういうことよ⁉ 舞台装置《そうち》、動かしてる間だけだよ？ その間に元《げん》くん、いったいどこに消えたっていうのよ……」

わけがわからないと瑠香《るか》は首を左右に振《ふ》った。

「ねえ、河田《かわだ》、島田《しまだ》、山田《やまだ》！ あんたちは見てないわけ？」

そう聞かれて、バカ田《ダ》トリオは顔を見合わせ、首を左右に急いで振った。

どうもようすが変だ。

何か隠《かく》してるんじゃないのか⁇

瑠香《るか》がそんなことを考えている間も、夢羽《むう》はずっと舞台《ぶたい》を見つめていた。

舞台の中央にはベッドに見立てて、長椅子《ながいす》がふたつ並《なら》べられている。その上にはヒラメ長官役の竹内《たけうち》。その後ろには「人」と大きく書いた紙が貼《は》られた屏風《びょうぶ》。そして、横にはもうひとつの屏風を折った柱が立っている。

その前で、アンコウ大臣やウツボ次官やサメ次官が必死に悪役の歌を歌い、踊《おど》っていた。

暗い舞台袖《そで》に、そこだけ白く浮《う》き上がるような夢羽《むう》の顔。浴衣《ゆかた》を着ていた彼女《かのじょ》は、それをパっと脱《ぬ》ぎ捨《す》てた。

「あっ‼」

瑠香《るか》も他のみんなも声をあげる。

浴衣《ゆかた》の下には、黒いTシャツと細身の黒いジーンズ。

考えたら、いつもの格好《かっこう》なのに、瑠香《るか》も冴子《さえこ》もドキっとした。

「これ、貸《か》して」

瑠香《るか》の首から、ひらひらでキラキラ光る水色のスカーフを借りて、それを首に巻《ま》きつけた。

それだけでなんだかサマになる。

クラゲのお面もつけた。

「夢羽《むう》、ど、どうするの？」

瑠香《るか》が聞くと、夢羽《むう》は涼《すず》しげな顔で言った。

「劇《げき》は続けよう。わたしが探偵役《たんていやく》になる」

「というと、元《げん》くんの代わりに浦島太郎《うらしまたろう》するの……⁇」

すると、夢羽《むう》はふっと笑い、舞台《ぶたい》を見つめたまま言ったのだった。

「まさか。真犯人《しんはんにん》も見つけるし、浦島太郎《うらしまたろう》も見つける」

6

夢羽《むう》の指導《しどう》のもと、劇《げき》は続行されることになった。

途中《とちゅう》、変更《へんこう》はあるけれど、基本的《きほんてき》には劇《げき》の内容《ないよう》を変えない。台詞《せりふ》も変えないから、みんな気にせず、芝居《しばい》をしてくれという話だった。

そう言われても、みんなどうしていいのやらさっぱりわからない。

「みんな、大変だと思うけど、夢羽《むう》を信じようよ！」

瑠香《るか》にはそれしか言えなかった。


朝になってみると、ヒラメ長官が殺されていて、壁《かべ》には大きく「人」というダイイングメッセージが書かれてあるという場面。

みんな騒然《そうぜん》となって、殺人現場《げんば》に押《お》しかけ、これは誰《だれ》のせいなんだ!? と、大騒《おおさわ》ぎになる。

乙姫《おとひめ》、カサ子《こ》にクマ江《え》、亀吉《かめきち》、カレイ長官、青魚……。

たったひとり、足りないのは浦島太郎《うらしまたろう》だけである。

そして、その代わりに現《あらわ》れたのが夢羽《むう》だった。

「失礼しますよ！」

よく通る声で、夢羽《むう》が言いながら舞台袖《ぶたいそで》から登場した。

照明班《はん》の安山《やすやま》と吉田《よしだ》が左右からあわててスポットライトをあてる。瑠香《るか》からの伝言で、とにかく夢羽《むう》を照らし続けろと言われたからだ。

「あ！　夢羽《むう》ちゃんだ！」

元《げん》の妹、亜紀《あき》が思わず叫《さけ》んだ。

もちろん、この『浦島太郎《うらしまたろう》殺人事件《じけん》』の内容《ないよう》を知らないから、誰《だれ》も驚《おどろ》かない。

なごやかに拍手《はくしゅ》をする人たちもいた。

舞台の上の役者たち、舞台袖の裏方《うらかた》たちが内心、いったいどうなるのかとドキドキしていることなど、誰も知らないでいた。

夢羽《むう》がなんとかしてくれるらしい……。

みんなそれしか考えられず、あとはただひたすら劇《げき》が無事に進行してほしいと祈《いの》っていた。

「聞きましたよ……」

本当は浦島太郎《うらしまたろう》の台詞《せりふ》だったが、夢羽《むう》が代わりに言った。

乙姫《おとひめ》役の成美《なるみ》はハっと顔を上げ、夢羽《むう》を見つめた。

夢羽《むう》は言い直した。

「聞きましたよ、ヒラメ長官のこと……」

成美《なるみ》は、頭のなかの台本をぺらぺらとめくり、どこの台詞を夢羽《むう》が言ったのかわかった。

そこで、とりあえず台本の通り、さめざめと泣いた。

「どうして……どうしてこんなことに……」

アンコウ大臣やウツボ次官、サメ次官もかけつけた。

「まったく。なんという騒《さわ》ぎですか！　やはりよそ者がいると、てきめんに、この有様《ありさま》ですな」

アンコウ大臣役の小林《こばやし》が、銀色の眼鏡《めがね》フレームを光らせた。そうそう、彼《かれ》はアンコウ大臣になる時も、もちろん眼鏡はかけている。

冷や汗《あせ》だらだらで歌と踊《おど》りをしつこく披露《ひろう》したばかりだから、まだ息も切れていた。

「ひ、ひどい！　そんな言い方はひどすぎますわ！」

泣いて抗議《こうぎ》する乙姫《おとひめ》の震《ふる》える肩《かた》に夢羽《むう》は手を置いた。

「ところで、乙姫様《おとひめ》。そのよそ者……つまり、浦島太郎殿《うらしまたろうどの》が、今、いないのをご存《ぞん》じですか？」

「えええ⁉」

みんなが驚《おどろ》く。

これは演技《えんぎ》ではなく、本当にあわてふためいているのだから、説得力があった。

そのあまりの緊張感《きんちょうかん》に、校長先生は感心して、思わずため息をついた。

「今年《ことし》の五年生、すごいわねぇ。これが創作《そうさく》だなんて……息もピッタリよぉ」

「いやぁ、ほんとですな。これはおもしろい」

と、教頭先生も言っている。

近くに座《すわ》っていた担任《たんにん》のプー先生やリハーサルに立ち会った音楽の中山佳美《なかやまよしみ》先生は、あんな内容《ないよう》だったっけ？　と、首を傾《かし》げていた。

夢羽《むう》は落ち着いた表情《ひょうじょう》でみんなを見回した。

「申し遅《おく》れました。わたしは私立探偵《しりつたんてい》のクラゲです。実は太郎殿《たろうどの》から頼《たの》まれ、いろいろと調査《ちょうさ》をしていたのです。今、現在《げんざい》、彼《かれ》にはあるところに隠《かく》れてもらっています。命の危険《きけん》があったので……」

「えええ⁇」

みんな驚《おどろ》くしかできない。

どうするんだ、どうするんだ？　と、顔を見合わせている。

もちろん、そんなのは台本にない。

夢羽《むう》はかまわず続けた。

「しかし、彼はどうしても事件《じけん》の真相を自分の手で暴《あば》きたいと言うのです。実は、太郎《たろう》殿《どの》は推理力《すいりりょく》にも優《すぐ》れた方でして。とはいえ、たった今まで彼に登場してもらうかどうか、悩《なや》んでいたのですが……。いいでしょう。浦島太郎殿《うらしまたろうどの》、登場してください‼」

よく通る声が響く。

なになに？　どこ？　元《げん》くん、いるの？　という顔、顔、顔……。

夢羽《むう》は舞台《ぶたい》の横に立ててあった四角い柱をしばっているひもを手に取った。そして、「えいっ」というかけ声とともに、ひもを解《と》いたのである。

スポットライトが柱にあたる。

四角い柱といっても、さっきまで背景《はいけい》だった屏風《びょうぶ》のひとつを四角柱に折って、柱のようにして立ててあるだけだ。

その四角い柱が動いた！

乙姫《おとひめ》役の成美《なるみ》がつい叫《さけ》んでしまった。

「元《げん》くん⁉　い、いや、太郎《たろう》様⁉」

他のみんなも同じだ。

目をまん丸にして、そこに登場した元《げん》に注目した。

浦島太郎《うらしまたろう》の格好《かっこう》をしたままの元《げん》はよろよろっと柱のなかから出てきて、明るいスポットライトを浴びたまま立ちつくしていた。

ザワザワと観客席がざわめく。

「太郎殿《たろうどの》、どうぞ！　真相を究明してください」

夢羽《むう》が太郎《たろう》の手を取り、乙姫《おとひめ》のほうに引っ張《ぱ》っていった。

元《げん》は引っ張られながら、夢羽《むう》を見つめ、そして、観客を見た。

(元《げん》、芝居《しばい》のまんまやればいいから。がんばって！)

小さな声で夢羽《むう》が言う。

元《げん》はハっと我《われ》に返り、彼女《かのじょ》を見た。

「ほら、太郎殿《たろうどの》、ここにこんな文字が。これ、最後の力を振《ふ》りしぼって、ヒラメ長官が書いたものらしいんですが……。ええ、それは確実《かくじつ》です。ちゃんとペンも床《ゆか》に落ちていたのを発見しましたし。つまり、これはダイイングメッセージなんです」

夢羽《むう》は元《げん》の手を引っ張ったまま、ベッドの前に連れていった。

今の夢羽《むう》の台詞《せりふ》、本当は太郎《たろう》の台詞だった。

かなり強引だが、つながらないことはない。元《げん》は、ぶっ倒《たお》れそうになりながら、必死に続けた。

「う、うん……いや、はい。そ、そうですね。たしかに、これはダイイングメッセージです！」

「ダイイングメッセージ⁇」

乙姫《おとひめ》や亀吉《かめきち》が聞くと、他のみんなも思い出したように聞いた。

「ダイイングメッセージ⁇」

「は、はい。えーっと……さっきも警備《けいび》の方に説明しましたが、これは犯人《はんにん》を特定するためにヒラメ長官が書いたものだと……思われるんです。ただし、すぐにそれとわかるような書き方をしては、犯人に消される可《か》能性《のうせい》があります。そりゃそうですよね。犯人は自分だって書かれてるのがわかれば、すぐに消しますよね？」

台詞《せりふ》を話し出すと、不思議なもんで落ち着いてくる。

元《げん》はもうだいじょうぶだと思った。

他のみんなもそうらしく、『浦島太郎殺人事件《うらしまたろうさつじんじけん》』は、ようやく元通り走り始めた。

「そりゃそうだよな」

「たしかに……」

「しかし、なんて書いてあるんだ？『人』か？　それとも『て』？」

「『∠』かも。矢印ですよ」

と、思ったよりスムーズに進行していく。

やはり何度も何度も練習した成果だろう。

それに、こういうアクシデントがあると、余計《よけい》に団結力《だんけつりょく》が高まるものだ。

元《げん》も他のみんなも冷や汗《あせ》はしっかりかいたが、どうにか六場を最後までやりとげたのである。

7

「ちょっとぉぉ！　なんで元《げん》くん、あんなところにいたの⁉」

六場がなんとか終了《しゅうりょう》し、元《げん》が舞台袖《ぶたいそで》にもどってくるなり、瑠香《るか》が目を引きつらせて聞いた。

元《げん》はその場にへたへたと座《すわ》りこみ、ぼんやりした目で瑠香《るか》を見上げた。

「へ⁇」

「あのねぇ‼　『へ⁇』じゃないわよぉ！　まったく。乙姫《おとひめ》がいなくなったかと思ったら、次は浦島太郎《うらしまたろう》だなんて。どういうことよ！」

容赦《ようしゃ》ない瑠香《るか》の言葉を夢羽《むう》が止めた。

「元《げん》が悪いんじゃないよ」

「え？　そ、そうなの？　だって……元《げん》くん、どうせボヤっとしてたから、あの屛風《びょうぶ》の柱のなかに入っちゃって。そのまんま閉《と》じこめられたんじゃないの？」

これには元《げん》も頭にきた。

床《ゆか》をドンとたたき、「ハァッ！」と大げさにため息をついた。

「冗談《じょうだん》じゃないよ！　いくらオレがボヤっとしてたって、そんなことあるわけないだろ⁉」

その剣幕《けんまく》に、さすがの瑠香《るか》もタジタジになり、遠慮《えんりょ》がちに聞き返した。

「そ、そっかぁ……。じゃ、どういうこと？」

「あいつらだ、あいつら！」

元《げん》が指さした先には、苦笑いを浮《う》かべ、身を寄《よ》せ合い、小さくなっているバカ田《ダ》トリオがいた。

「はぁ――!?　どういうこと?」

「だからさ。屏風《びょうぶ》のセットをするの、やつらだろ?　あいつら、オレをあの柱のなかに押《お》しこんで、上からひもでしっかりグルグル巻《ま》きにしたんだ」

「うっそ!　なんで、そんなことを……?」

と、そこまで言って、瑠香《るか》はピンときた。

バカ田《ダ》トリオはまだ根に持っていたのだ!

自分たちの案が採用《さいよう》されず、瑠香《るか》たちの班《はん》の案が採用されたことを。

それにしても、なんてひどいことを!!

「ちょっとぉ!!　あんたら、こっち来なさいよぉ!!」

低くすごみのある声で言うと、バカ田《ダ》トリオのリーダー、河田《かわだ》がペコペコと頭を下げた。

「へへ、いやぁ、こんな大事《おおごと》になるとは思わなくってさぁ。もっと前に元《げん》を出そうと思ったのに、なんかそのチャンスがなくって。オレたちも困《こま》ってたんだ。ははは、ごめんごめん！」

島田《しまだ》と山田《やまだ》もいっしょに頭を下げていた。

「ばかっ！　ごめんごめんですむと思ってんの？　あんたさぁ、とりあえず委員長でしょう？　なのに、自分のクラスの劇《げき》、妨害《ぼうがい》してどうすんのよ！」

「ははは、ほんとだよなぁー‼」

怒《おこ》られているのに、へらへら笑うしかない。島田《しまだ》と山田《やまだ》もだ。

「忘《わす》れてた。バカは死ななきゃ治らないんだった……」

瑠《る》香《か》は大きくため息をついた。

「もういい、もういい。バカは相手してらんない。さあ、ラストまでがんばろぉー！」

気を取り直して、みんなに言う。

「オッケー！」

「おう‼」

「了解《りょうかい》‼」

みんなも苦笑い。

「元《げん》、あとちょっとだ！　がんばろうぜ」

小林《こばやし》がポンと元《げん》の背中《せなか》をたたいた。

「うん、そうだな」

元《げん》がうなずくと、そこに大木《おおき》もやってきた。

「しっかし、元《げん》も大変だったな。どこに行ったかと思ってたよ」

「ほんとだぜ。オレたちも場つなぎするんで、大変だったんだぞ」

小林《こばやし》に言われ、元《げん》は肩《かた》をすくめてみせた。

「ごめん。でも、しかたなかったんだ。どうやったって、外に出られないし。あの柱、あれでけっこう重いんだ」

「ああ、知ってる。河田《かわだ》たち三人でようやく持てるくらいの重さだもんな」

「そうそう。で、外がどうなってるかわからないだろ？　音楽も聞こえてたし。へたに動いて、柱が倒《たお》れても困《こま》るしさぁ」

「そうだったんだ……でも、ま、なんとかなって良かったな」

「ほんとだよ。茜崎《あかねざき》のおかげだよ」

元《げん》が見ると、そこには夢羽《むう》が浴衣姿《ゆかたすがた》にもどって出番を待っていた。

コーラス隊の出番だからだ。

彼女《かのじょ》はもう何事もなかったかのようにすずしい顔をしていた。

★浦島太郎殺人事件《うらしまたろうさつじんじけん》（下）

1

ようやく跡継《あとつ》ぎ問題も解決《かいけつ》。アンコウ大臣は監獄《かんごく》に入れられ、それと同時に反対勢力《せいりょく》は一気に力を失ってしまった。

そして、今日《きょう》は乙姫《おとひめ》と浦島太郎《うらしまたろう》の結婚式《けっこんしき》前日である。

花嫁衣装《はなよめいしょう》を見ては、ため息をつくカサ子《こ》とクマ江《え》。しかし、別の意味でため息をついていたのは、幸せの絶頂《ぜっちょう》であるはずの乙姫《おとひめ》だった。

「はぁぁぁぁ……～」

物憂《ものう》げな表情《ひょうじょう》で椅子《いす》に斜《なな》め座《すわ》りし、何度もため息をつく。

そのようすを見て、カサ子《こ》とクマ江《え》は顔を見合わせた。

「いったいどうなさったんだろう?」

カサ子《こ》が言うと、クマ江《え》も隣《となり》でうなずいた。

「そうよねぇ。さっきから何度も……あ、わかった。マリッジブルー？」

「マリッジブルーってなんなの？　病気？」

「あら、知らないの？　結婚《けっこん》が近くなるとね。ホルモンのバランスが悪くなるのかなんなのか、精神状態《せいしんじょうたい》が安定しないんだって。それで、急に寂《さび》しくなったり落ちこんでしまったりするそうよ」

「へぇー‼　愛する人と結婚できるっていうのに⁇」

「うーん、それとこれとは違《ちが》うらしいよ。いくら好きな人でも、いよいよ自分も人の奥《おく》さんになるんだなぁって思うとね。落ち着かない気分になるというか……で、ひどい時は結婚をやめちゃう人までいるんだって！」

「うっそぉー‼　まずいじゃないのよ。式は明日《あした》よ、明日！」

ふたりで、あーだこーだ言い合っていると、乙姫《おとひめ》が首を左右に振《ふ》った。

「違うのよ。わたしは……わたしはそりゃうれしいわ。大好きな人と結婚できるだなんて。それ以上の幸せはないわ。ブルーでもなんでもない。……ブルーなのはね、太郎《たろう》様なの……」

これにはカサ子《こ》もクマ江《え》もびっくりした。

「ほ、ほんとですか？」

「ねえ、花むこも、そのマリッジブルーになったりするわけ？」

「さぁ……。でも、乙姫《おとひめ》様。それって思いすごしなんじゃありませんか？」

そう聞かれて、乙姫《おとひめ》は寂《さび》しげな顔でもう一度首を振《ふ》った。

「ううん、違《ちが》うの。だってこの前、はっきり亀吉《かめきち》に太郎《たろう》様が話してるの、聞いちゃったんだもん」

「なんて話してらしたんです？」

「それがね……」

と、乙姫《おとひめ》はもう一度ため息をつきつつ、話し始めた。

＊＊＊

それは二日前《ふつか》のことである。

ゆらゆらと揺《ゆ》らぐ昆布林《こんぶばやし》の前に置かれたベンチに腰《こし》かけ、ぼんやりしていた太郎《たろう》。ちょうどそこに通りかかった乙姫《おとひめ》が声をかけようとした。

しかし、それより先に亀吉《かめきち》が太郎《たろう》に声をかけた。

「どうしたんです？　最近、なんだか元気がないようですねぇ！」

その言葉に、乙姫《おとひめ》はハッとした。

たしかにそうなのだ……。

もうすぐ結婚式《けっこんしき》だというのに、出会った頃《ころ》の甘《あま》い会話もなければ、はしゃいだような感じもない。

気づけば、遠い目をしてため息ばかり。

「どうしたんです？　何を考えてらしたの？」と聞いても、「い、いえ、別に……」と答えをごまかすだけ。

気になってはいたが、それこそマリッジブルーの一種かな？　と思っていた。

乙姫《おとひめ》はそのまま出ていく機会を逃《のが》し、昆布の陰《かげ》に隠《かく》れて、ふたりの会話を聞くことになってしまった。

太郎《たろう》は肩《かた》を落とし、弱々しく笑った。

「うん……やっぱりわかるかい？」

「そりゃわかりますとも。あなた、わかりやすすぎるから」

「はははは。そっかそっか。乙姫様《おとひめ》にも何度も聞かれてさぁ」

「そうでしょうねぇ。きっとすごく心配なさっておいでですよ！」

「はぁ……」

太郎《たろう》はまたまたため息をつく。

その隣《となり》に座《すわ》り、亀吉《かめきち》は先をうながした。

「で？　なんなんです？　ホームシックですか⁉」

太郎《たろう》はものすごくびっくりして、亀吉《かめきち》を二度見した。

「う、うそ。なんでだよ⁉　なんでわかったの⁇」

亀吉《かめきち》は苦々しい顔で笑った。

「そりゃわかりますって。ま、わたしでもきっとそうなるでしょうからね」

「そ、そう？　うんうん、そうだよなぁ⁉」

太郎《たろう》はホッとした顔で言った。

「そりゃね。実は……わたしもあなたには悪いことをしたかなと思ってたんですよ。突然《とつぜん》、こっちの世界に連れてきちゃって、あなたにはお礼をしたいとだけ言ってたのに、結婚《けっこん》して、竜宮《りゅうぐう》を継《つ》いでいただこうだなんてね……」

その言葉に、昆布《こんぶ》の陰《かげ》で聞いていた乙姫《おとひめ》は、ハっと胸《むね》を突《つ》かれる思いがした。

太郎《たろう》もそれを否定《ひてい》しなかった。

「うーん……そうなんだよね。ま、オレも乙姫《おとひめ》様のことは好きだよ。でもさ、おじいさんやおばあさんに何も挨拶《あいさつ》してこなかったし。やっぱこのままじゃまずいと思うんだよね。一度帰ってもいいだろ？　そうだ！　結婚式の前に帰ってもいいかな。で、例の『イキデキール』飲めばさぁ、おじいさんたちもこっちに来られるだろう？」

太郎《たろう》の言葉に亀吉《かめきち》は悲しそうな顔をした。

「そ、それが……うーんうーん……」

「どうかしたの？」

「いやぁ、まぁ、そうですね。乙姫様《おとひめ》に聞いてみますが……」

「うんうん、頼《たの》むよ。オレ、なんか聞きづらい雰囲気《ふんいき》でね。彼女《かのじょ》、今、結婚式《けっこんしき》のことで頭がいっぱいみたいでさ」

＊＊＊

「そうなんですか⁉　そんなことを太郎《たろう》様が？」

カサ子《こ》が驚《おどろ》いて聞くと、クマ江《え》はうんうんとうなずいた。

「まぁ、そうですわねぇ。で？　亀吉《かめきち》様はそのことを乙姫《おとひめ》様に申し上げたんですの？」

「ええ、そうよ。でも、困《こま》ったことがあるのよ……」

「困ったことですか？」

「そうよ……」

乙姫《おとひめ》はそう言うと、暗い表情《ひょうじょう》のまま何度ついたかわからないため息を、またついた。

困《こま》ったことというのは、竜宮《りゅうぐう》の世界と、浦島太郎《うらしまたろう》のおじいさんたちが住む地上の世界とでは、時間のたち方がまったく違《ちが》うということ。

竜宮城に太郎《たろう》がやってきてから、かれこれ二週間ほどがたつ。

だが、地上では……なんと数百年以上がたっている。

つまり、たとえ太郎《たろう》が地上に帰っても、事情を説明するべきおじいさんもおばあさんも、とっくの昔に亡《な》くなっていて、まったく知らない世界になっているだろう。

太郎《たろう》はもともと竜宮人《りゅうぐうびと》だから、こちらの時間の経過《けいか》にも対応《たいおう》できているが……。

「でも、そんなこと言っても、太郎《たろう》様、納得《なっとく》するでしょうか？」

カサ子《こ》が困惑《こんわく》した顔で言うと、乙姫《おとひめ》も小さくうなずいた。

「そうなのよね。問題は……。わたしもついうっかりしていたわ。太郎《たろう》様といると、つい時間がたつのを忘《わす》れてしまうのよ」

「いやぁ、でも、それはしかたありませんわ。だって、一日こっちの世界にいただけだって、向こうでは軽く何十年か過《す》ぎてるわけでしょう?」

「まぁねぇー」

「で、乙姫《おとひめ》様はどうなさるつもりですか?」

クマ江《え》に聞かれ、乙姫《おとひめ》は唇《くちびる》をかみしめた。

「どうするも何も……どうしても帰るって言われたら、帰してあげるしかないでしょうね」

2

浦島太郎《うらしまたろう》は竜宮城《りゅうぐうじょう》に来た時と同じように、亀吉《かめきち》の背中《せなか》に乗り、地上へともどることになった。

乙姫《おとひめ》から地上にもどる許可《きょか》をもらったからだ。

彼女《かのじょ》は涙《なみだ》をいっぱい浮《う》かべて、太郎《たろう》を見た。

「お願いがあります。どんなことがあろうと……乙姫《おとひめ》はここで太郎《たろう》様を待っているというのを忘《わす》れないでほしいのです」

「う、うん……いやぁ、ま、すぐまたもどってくるよ。約束するって」

「本当ですね？」

「うんうん。ちゃんとさ、おじいさんたちに報告《ほうこく》したらもどるから、安心してよ」

乙姫《おとひめ》はなんとも悲しげな目で太《た》郎《ろう》を見つめ、そして、小さな箱を渡《わた》した。

金色のひもでしばった、きれい

な箱である。

「……??」

不思議そうにする太郎《たろう》。さっそく、ひもを解《と》き、箱を開けようとしたその手を乙姫《おとひめ》は止めた。

「だめです！　これは、これは絶対《ぜったい》に開けてはいけません!!」

「な、なんで??　これ、なんなの？」

太郎《たろう》の疑問《ぎもん》も当然である。

開けてはいけないものをなぜわざわざ渡《わた》すのだろう?

乙姫《おとひめ》は唇《くちびる》をかみしめて言った。

「これは玉手箱です。でも……とにかく、何があろうと、これを開けてはならないのです。ごめんなさい。太郎《たろう》様、乙姫《おとひめ》は今、それ以上何も言えないのです」

それは何をどうしようが、決して動かない岩のような感じだった。

「そ、そっか……」

太郎《たろう》はふに落ちないまま玉手箱をもらい、風呂敷《ふろしき》に包んだ。

落とさないように、しっかり背負《せお》い、「じゃあ……」と、乙姫他《おとひめほか》、竜宮城《りゅうぐうじょう》のみんなにしばしの別れを告げた。

ちょっとだけおじいさんたちのところに帰って、またこっちにもどってくると言ってるのに、みんなのようすはまるで永遠《えいえん》の別れのように深刻《しんこく》だった。

太郎《たろう》は首を傾《かし》げつつ、亀吉《かめきち》の背《せ》に乗ったというわけである。


「なあ、亀吉《かめきち》」

「はい？　なんですか？　太郎殿《たろうどの》」

「うーーん……乙姫《おとひめ》様のようす、変だったよね。みんなのようすも。どうしてだろう？　亀吉《かめきち》なら知ってるんだろ？」

「………………」

しかし、亀吉《かめきち》は何も答えてくれなかった。

そして、太郎《たろう》を地上まで連れていくと、軽く一礼して海へもどっていこうとした。

太郎《たろう》はあわてて、その背中《せなか》に声をかけた。

「ちょ、ちょっと待ってよ。で、オレ、竜宮城《りゅうぐうじょう》へもどろうと思ったら、どうすればいいんだい？　また迎《むか》えに来てくれるんだろ？」

すると、亀吉《かめきち》は足を止めると、ゆっくり振《ふ》り返った。

「もちろんですとも。お帰りの時はここでわたしの名前を呼《よ》んでください」

それを聞いて、太郎《たろう》は安心した。

「わかったよ。じゃあね！」

クルっときびすを返し、白い砂浜《すなはま》をかけだした。

ああ、この感触《かんしょく》！

肌《はだ》を刺《さ》すような太陽の日差し、頬《ほお》をなぶる風、足の裏《うら》に感《かん》じる砂浜《すなはま》。

たしかに竜宮《りゅうぐう》の世界も素晴《すば》らしい。

夢《ゆめ》みたいだし、乙姫《おとひめ》もかわいい。

でも、やっぱりな。オレはこっちのほうがいいかもしれない！

いつもは口うるさいばかりのおじいさんが、今はとても恋《こい》しい。おばあさんもきっとすごく心配しているはずだ。

たった二週間くらいの話なのに、これほどなつかしく感じるなんて。

太郎《たろう》はうれしくてうれしくて。両手を広げ、「うぉおおおお！！！」と、叫《さけ》んだ。

まさか……その、ほんの何十分か後、信じられない悲劇が待ちかまえているとは想像《そうぞう》すらできずに。

3

まず、漁村のようすがまったく違《ちが》っていた。

いや、だいたい……海岸線が違いすぎる。さっきの砂浜《すなはま》はどこにあったんだろう？　と思うほど、地面は灰色《はいいろ》でものすごく硬《かた》く、平らな岩のようだった。

道は気味が悪いほどまっすぐで、ビュンビュンと、ものすごい速度で鉄の塊《かたまり》が走っていく。

家らしいものもあったが、見たこともないような四角い箱で、その上、恐《おそ》ろしく巨大《きょだい》だった。

「な、な、なんなんだ、この世界は……？」

太郎《たろう》はその場にボーっと立ちつくしていた。


どれくらいそうしていただろう……。

太陽《たいよう》が頭の上まで昇《のぼ》ったのに気づき、太郎《たろう》はようやく歩き始めた。

といっても、どこをどう歩いたかわからない。

何を見ても、初めて見るものばかり。人にも会ったが、彼《かれ》らはいったい何者だ⁉

派手《はで》でヘンテコな服を着て、ドタドタと変な草履《ぞうり》をはき、髪《かみ》も短い。女の人も足をむきだしにして歩いていた。

さまよい歩いているうち、また海の見えるところまでもどってきた。

よく見れば、海の色がまるで違う。

どこまでも透《す》き通っていた海が、ここではどんよりと鉛色《なまりいろ》に見える。もちろん、海の底など見えない。こんな海では魚もすめないのではないかと思えた。

だんだんと悲しく、とてつもなく不安に思えてきて、太郎《たろう》はその場に座《すわ》りこんでしまった。

すると……後ろから声がした。

「なんだ、時代劇《じだいげき》みたいだな」

「侍《さむらい》か⁉」

「ははははは‼」

見てみると、あのカメをいじめていた悪ガキ三人組、変な服を着ているが、彼《かれ》らそっくりの男の子たちがいた。

「あ、おまえたち！　あの時の三人だな⁉」

あわてて立ち上がると、三人に話しかけた。

三人ははじかれたように驚《おどろ》き、後ずさった。

「げ、なんだなんだ⁉」

「知らねえぞ」

「何、言ってんだ？」

「ほら、オレだよ。ちょっと前に、この辺で、カメをゆずってもらったじゃないか。覚えてないかなぁ？」

太郎《たろう》が聞いても、

「はぁぁ⁇」

「ちぇ、なんか気持ちわりいな」

「逃《に》げろ逃げろ！」

と、三人は気味悪がって逃げだしてしまった。

「あ、おいおい！　ちょっと待ってくれよ‼」

必死に声をかけるが、子供《こども》たちは待ってくれなかった。

へたへたと再《ふたた》び座《すわ》りこむ。

いったい何があったんだ……？

たった二週間の間に、何があったんだろう？

ここは本当に自分が住んでいた漁村だろうか？

と、そこまで考え、ポンと膝《ひざ》を打った。

「そうだ！　亀吉《かめきち》のやつ、間違《まちが》えたんだ。どこか異国《いこく》と間違えたに決まってる！」

そして、亀吉《かめきち》を呼《よ》びもどすため、さっきの白い砂浜《すなはま》にもどったが、ふとそこにあるクネクネと曲がりくねった松を見た。

そこにはほんのかすかだが、「ばーか！」「アホ！」と傷《きず》がついていた。

ま、まさか……これは……⁉

やっぱりそうだ。

ここは異国《いこく》でもなんでもない。

太郎《たろう》の住んでいた漁村なのか……⁉

頭がクラクラしてきた。

その後、太郎《たろう》はあきらめきれず、おじいさんたちの家を探《さが》し歩いた。

しかし、どう探しても見つからなかったし、知った人もひとりとしていなかった。

そして、どこをどう歩いたのか、ふと気づけば、亀吉《かめきち》が連れてきてくれた白い砂浜《すなはま》に、またもどっていた。

ここだけは砂浜のまま残っているようで、見れば「海の家」と書いた小さな看板《かんばん》が風に吹《ふ》き飛ばされそうになっていた。

ここは「海の家」というのか……。

太郎《たろう》は悲しくて悲しくて、涙《なみだ》がボロボロこぼれてしかたなかった。

おじいさんもおばあさんもいない。

だいたい自分の家もないし、知った人もいない。

もうだめだ……。

オレはどうしたらいいんだろう……？

このまま竜宮城《りゅうぐうじょう》にもどるのか？

いやいや、それは嫌《いや》だ。こんな変なこと、あるわけがないじゃないか！
そうだそうだ。
これはきっと幻術《げんじゅつ》に違《ちが》いないぞ。
乙姫《おとひめ》は、太郎《たろう》を地上に帰したくなくて、こんな幻術《げんじゅつ》をかけてみせてるのかも。

と、その時、太郎《たろう》は思い出した。
背中《せなか》に担《かつ》いだままの玉手箱のことを……。
そうだ……。
残るは、これしかない。
きっとこのなかにこの謎《なぞ》を解《と》くカギが隠《かく》されているに違《ちが》いない。
もしかしたら、この箱を開ければ、幻術が解けるかもしれないぞ‼
そうかそうか。
乙姫《おとひめ》は、そうしてほしくないから「決して開けないでください」と言ってたんだ‼

太郎《たろう》は確信《かくしん》した。

そして、金色のひもを解き、玉手箱のふたに手をかけ……。


パカッ！

開けてしまったのである。

4

パっと目の前が真っ白になった。

「ケホ、ケホ、ケホ……‼」

白い煙《けむり》に巻《ま》かれ、太郎《たろう》は激《はげ》しく咳《せき》こんだ。

涙《なみだ》も出てきて、しきりに目をこすった。

「うわぁ、たまらん！」

玉手箱を放りだし、白い煙のなかから這《は》いだした。

そこにさっきの三人組の子供《こども》たちがやってきた。やっぱり太郎《たろう》のことが気になって、こっそり後をつけていたのだ。

「わぁあ、なんだなんだ⁉」

「火事か？」

「いや、火はないぞ。おお、なんだ、このじじい！」

じじいとはなんだ⁉

太郎《たろう》はジロっとにらんだ。

すると、子供のうちのひとり、一番背《せ》が高いのが言った。

「お、なんだ？　やる気か？　じいさん！」

「じいさんって……失礼なこと言うなよ。ほら、さっき会っただろう？　この前もさ、カメをゆずってくれたじゃないか。思い出してくれよ」

太郎《たろう》は必死に言った。

しかし、子供たちは気味が悪そうに顔を見合わせた。

「なんだ、こいつ。さっきの変な兄《にい》ちゃんと同じようなこと言いやがって」

「ほんとだ。なんだよ、そのカメってのは」

「気味悪いぜ。行こう行こう！」

「お、おい！　待ってくれ‼」

再《ふたた》び太郎《たろう》は子供《こども》たちを止めたが、彼《かれ》らは立ち去ってしまった。

それにしても、気になるのは……三人が自分を見て「じじい」とか「じいさん」とか言うことである。

何気なく両手を見て、ギョっとした。

シワシワで筋張《すじば》った、老人の手だったからだ。

「な、な、なんだこりゃ⁉」

その手で顔をさわってみる。

顔もシワだらけな気がする。着物をめくりあげ、足や腕《うで》も見てみたが、どう見たってそれは老人のものだった。

それもかなりの高齢《こうれい》……。

「げ、げげげげ⁉　なんじゃ、こりゃ‼」

太郎《たろう》はあわてふためき、どこかに鏡はないかと探《さが》した。

だが、砂浜《すなはま》にそんなものがあるわけもない。

「そうだ！」

と、ひらめき、海水を両手ですくってみた。

しかし、そんな少しの水が鏡の代わりになるわけもない。

へたりこむように座《すわ》っていると、後ろから声をかけられた。

「おじいさん、どうかしたんですか？」

振《ふ》り向くと、若《わか》い女の人がいた。

白い犬を連れているから散歩の途中《とちゅう》だろう。他の人たちと同じく、短いスカートからニョキっと生足を出している。

太郎《たろう》は聞いてみた。

「あ、あの……鏡を持ってませんか？　持ってたら、貸《か》してほしいんですが……」

「鏡？　ああ、いいですよ」

彼女《かのじょ》はバッグから化粧用《けしょうよう》のポーチを出し、コンパクトを出した。

パチっと音をたてコンパクトを開き、小さな丸い鏡を太郎《たろう》に見せた。

「す、すみません……」

恐《おそ》る恐る鏡をのぞきこむ。

その女の人の「おじいさん」という呼《よ》びかけで、ある程度《ていど》は覚悟《かくご》してはいたが……それにしても！　なんだ、この顔は。

鏡のなかには、シワくちゃで見たこともないほど年老いた男がいた。

5

「ううう、うぅぅ、……か、亀吉《かめきち》ぃぃ、ううあぁぁああ、ああ……亀吉いいいいい——!!」

浦島太郎《うらしまたろう》は声を限《かぎ》りに叫《さけ》んだ。

変わり果てた姿《すがた》で砂浜《すなはま》に四つんばいになり、鼻水も涙《なみだ》も盛大《せいだい》に出して、見栄《みえ》も外聞もなく、わあわあ泣いた。

鏡を貸《か》した若《わか》い女性《じょせい》もどうしていいかわからず、おろおろしている。

犬はワンワン、太郎《たろう》に吠《ほ》えた。

……と、その時、ざざざぶん！　と大きな波音がし、大きなウミガメが現《あらわ》れた。

「きゃああ‼」

「ワンワンワン‼」

女性《じょせい》も犬も腰《こし》を抜《ぬ》かすほど驚《おどろ》き、あわてて逃《に》げていった。

もちろん、亀吉《かめきち》である。

「おやおや、太郎殿《たろうどの》……どうしたというんです？」

「ああ！　亀吉《かめきち》‼　見てくれ。このオレの姿《すがた》を！　どうしたんだ、これは。それに、この世界はいったいなんなんだ？　誰《だれ》も知ってる人はいないし、何もかも変わってしまってる。な、これは夢《ゆめ》だよな？　幻《まぼろし》だよな？　そうだ！　乙《おと》姫《ひめ》様が幻術《げんじゅつ》でも使ってるんだろう？」

すがりついてきた太郎《たろう》を見下ろし、亀吉《かめきち》はいたわるような目で彼《かれ》を見た。

「あなたには大変すまないことをしました。実は……竜宮《りゅうぐう》とこの世界とでは、時のたち方が違《ちが》うんですよ……」

亀吉《かめきち》は、老人になってしまった太郎《たろう》の横に座《すわ》り、話し始めた。

「あなたはなかなか信じてくれませんでしたが、太郎殿《たろうどの》は竜宮人《りゅうぐうびと》です。これは本当の話です。あの『イキデキール』のおかげで、海のなかでも息ができるんだと思っておいででしたが、違《ちが》います。あんなのは、ただのビタミン剤《ざい》です。

あるところに住むおじいさんとおばあさんが、子供《こども》がほしいと天にお願いしたんです。そして、ある日、浜《はま》で泣いていた赤ちゃんを拾いました。

それが太郎《たろう》殿、あなたですよ。もちろん、そのおじいさんとおばあさんとは、あなたを育てたおふたりです。

ですから、いずれは竜宮人であるあなたは、竜宮に帰る必要があったのです。かぐや姫《ひめ》が月に帰ったようにね」

太郎《たろう》はようやく泣くのをやめ、亀吉《かめきち》を見つめた。

竜宮人だと、乙姫《おとひめ》が言ってたっけ。

しかし、まさか本当だとは……。

「で、では……ここは……？」

「そうです。あれから五百年たった世界です」

「ご、五百年⁉　ま、まさか……！」

「いえ、残念ながら、そのまさかなんです」

「じゃあ、おじいさんもおばあさんも……」

太郎《たろう》の口がゆがむ。

亀吉《かめきち》もつらそうに言った。

「……はい。とっくの昔に亡《な》くなってます」

「な、なんてことだ……」

太郎《たろう》は再《ふたた》び涙《なみだ》を流した。

厳《きび》しかったが、ちゃんと育ててくれたおじいさん。その分、すごく優《やさ》しかったおばあさん。きっとふたりは急にいなくなった太郎《たろう》のことをさぞかし心配したことだろう。

そのことがつらくてつらくて、涙が止まらなかった。

だが、ハっと顔を上げ、亀吉《かめきち》に聞いた。

「な、ならば、この玉手箱はいったいなんなんだ？　これを開けたら、白い煙《けむり》が出て、こんなおじいさんになってしまったんだ……」

「と言いますか……、本当なら、あなたもあの白い煙のように消えてなくなる運命だったたんです。あの玉手箱は『現実《げんじつ》』ですから」

「『現実』⁉」

「はい、そうですよ。この地上でのあなたです。『現実のあなた』です」

「『現実のオレ』……？」

「そうですよ。五百年もたっていたら、普《ふ》通《つう》、白骨《はっこつ》ですね。いいとこ、ミイラ。保存状態《ほぞんじょうたい》が悪ければ、白い粉ってところでしょうか。しかし、さすがは竜宮《りゅうぐう》人《びと》ですな。ちゃんとこうして生きていられるんだから！」

その言い方に、さすがの太郎《たろう》も腹《はら》が立った。

「なんだよ、その言い方は！　なんとかならないのか？　いきなり何の説明もなく、竜宮に連れていった責任《せきにん》取ってくれ‼」

亀吉《かめきち》は待ってましたとばかりに言った。

「もちろんですよ！　わたし、そのためにもどってきたんですからね。ささ、またわたしの背中《せなか》に乗ってください。竜宮城へもどりますよ」

「竜宮城へ？」

「もちろんです！　乙姫様《おとひめ》が首を長くして待っておられますからね。竜宮にもどれば、また若《わか》いままのあなたでいられます」

「ほ、ほんとかい？」

「はい。わたしはウソは申しませんよ！」

「わ、わかった……」

よぼよぼの老人のまま、誰《だれ》も知る人のいない世界で生きていくなんてまっぴらだ。

おじいさんやおばあさんが亡《な》くなってしまったのなら、未練もなかった。

太郎《たろう》は気を取り直し、亀吉《かめきち》の背中《せなか》に乗った。

「さて、まいりますぞ！」

さっそく海へと体をすべらせた亀吉《かめきち》。その背中に乗った太郎《たろう》は、一度だけ振《ふ》り返った。

四角い建物が建ち並《なら》び、海岸も道も、何もかもが違《ちが》ってしまっていたが、ずっと向こうの小山の形は変わっていなかった。黒々とした森も見える。

いまだに夢《ゆめ》を見ているような感じだった。

だが、いくらつらくても、これは『現実《げんじつ》』なのだ……。

そうだそうだ。

何を寂《さび》しく思うことがある⁉

乙姫《おとひめ》と結婚《けっこん》し、楽しくのんびりと竜宮《りゅうぐう》ライフを満喫《まんきつ》するんだ！

そう思うのだが、胸《むね》いっぱいにこみあげてくる寂《さび》しさやむなしさは、どうしようもなかった。

太郎《たろう》は鼻をすすりあげ、振《ふ》り返るのをやめた。
そして、乙姫《おとひめ》の待つ海へと帰っていったのである。

完

★エンディング

1

創作《そうさく》ミュージカル『浦島太郎殺人事件《うらしまたろうさつじんじけん》』はすべて無事終了《しゅうりょう》。

途中《とちゅう》、乙姫《おとひめ》はいなくなるわ、浦島太郎《うらしまたろう》もいなくなるわで、一時はどうなることかと思われたが、結果、大成功！

客席の拍手《はくしゅ》はなかなか鳴りやまず、先生たちも席を立って拍手していた。元《げん》たちも大喜び。何度も頭を下げたり、バンザイしたり、歓声《かんせい》をあげ、飛び上がって喜んだり。

舞台《ぶたい》から降《お》りた後、瑠香《るか》は思わず泣いてしまった。

鬼《おに》の目にも涙《なみだ》とはこのことだ。

「うっそー、瑠香《るか》ぁ、泣いてるの？」

冴子《さえこ》が瑠香《るか》をぎゅっと抱《だ》きしめる。

「よくやった、よくやった！　偉《えら》いよー」

よしよしと、まるで子供《こども》でもあやすように瑠香《るか》の頭をなでてやる。

「ううん、みんなのおかげだよ。みんながんばってくれたから……」

声をつまらせ、涙《なみだ》が止まらない瑠香《るか》を見て、衣装班《いしょうはん》の久美《くみ》、恵理《えり》、良美《よしみ》も三人集まって、おいおい泣き始めた。

「久美《くみ》ちゃんたちもありがとう！　おかげで、ほんと助かったよ」

「ううん、楽しかったよ、瑠香《るか》ちゃん！」

久美《くみ》にそう言われ、瑠香《るか》は満足感でいっぱいになった。

（楽しかったよ、瑠香《るか》ちゃん！）

何よりの言葉だ。

あぁー、よかったなぁ……と、しみじみ思った。

「わたしたち、がんばったよね！」

「あはは。ほんとほんと」

「がんばった、がんばった！」

今まではそんなに親しくもなかった三人が、今ではすっかり仲良しだ。

全員の衣装《いしょう》を作るのに、毎日居残《いのこ》ってがんばったのも、今となってはいい思い出である。

「成美《なるみ》ちゃん、演技《えんぎ》、うまかったよ！　さすがだよね」

瑠香《るか》が成美《なるみ》に声をかけると、彼女《かのじょ》も目を真《ま》っ赤《か》にして大きく何度もうなずいた。

そこに、裕美《ひろみ》と佐恵美《さえみ》も走り寄《よ》り、成美《なるみ》に抱《だ》きついた。

「ほんとだよ！　成美《なるみ》ちゃん、絶対将来《ぜったいしょうらい》は舞台女優《ぶたいじょゆう》になってね！」

「うんうん、その時は一番前の席に招待《しょうたい》してね！」

困難《こんなん》なことほど、成功した時の達成感は大きい。

みんなやりとげたという充実感《じゅうじつかん》と終わってしまったという少しの寂《さび》しさとに酔《よ》っていた。

「元《げん》、よくやったよ！」

「そうだな。うん、よくやったよくやった！」

大木《おおき》と小林《こばやし》が元《げん》の肩《かた》をつかみ、代わる代わる頭を軽くこづいたり、背中《せなか》をドンとたたいたりした。

「ははははは、い、いててて！　ははははは。いやぁ、大木《おおき》も小林《こばやし》もよくやったよ！」

「そっかぁ？」

「うんうん。今や、大木《おおき》はカメにしか見えないもんな！」

元《げん》が笑いながら言うと、

「なんだ、それ。ほめてんのか⁉」

と、大木《おおき》はおどけてみせた。

「はっはっはっは‼」

「あっはっはっはっは」

「はははははは」

三人の笑い声がかき消されるほど、他の生徒たちもみんな大盛《おおも》り上がりだ。

バカ田《ダ》トリオもすっかり調子を取りもどし、はしゃぎまくっていた。照明班《しょうめいはん》をやった吉田《よしだ》や安山《やすやま》も巻《ま》きこんで、プロレスごっこまで始める始末だ。

「こらこら、次のクラスのジャマになるぞ！　さっさと教室にもどって、着替《きが》えてこい！」

プー先生に叱《しか》られ、みんな肩《かた》をすくめたり、ペロっと舌《した》を出したり。

でも、先生はみんなに言った。

「おまえたち、ほんとによくやったな。オレは何も手伝《てつだ》わなかったのに。先生、感心した。というより、おまえらを誇《ほこ》りに思う」

その一言に、みんな照れたように笑い、隣《となり》の子をひじで突《つ》いた。

プー先生は笑いもせず、真面目《まじめ》な顔だったが、すぐに表情《ひょうじょう》を変え、手をたたいた。

「さぁ、さっさと教室へ行きなさい。ほら、河田《かわだ》！　島田《しまだ》！　山田《やまだ》！　吉田《よしだ》！　安山《やすやま》！　そこの五人‼　そんなところでプロレスごっこしてるんじゃない‼」

学芸会が終わり、帰宅《きたく》時になっても、みんな興奮《こうふんさ》覚めやらぬ顔をしていた。

もちろん、話題の中心はなんといっても、乙姫《おとひめ》や浦島太郎《うらしまたろう》が行方《ゆくえ》不明になったことだが、他《ほか》にもあれは良かったとか、あそこはもっとこうすれば良かったとか、夢羽《むう》は相変わらずかっこいいとか、バカ田《ダ》トリオがけっこう演技《えんぎ》うまかったとか、いや、あれは単に地だとか……。

見に来ていた両親と帰る子供《こども》も、友達《ともだち》同士で帰る子供も、劇《げき》の感想やダメ出しをしながら、それぞれの家へ帰っていった。

元《げん》は、瑠香《るか》や夢羽《むう》、小林《こばやし》、大木《おおき》と帰った。

「でも、一番、活躍《かつやく》してくれたのは今回も夢羽《むう》だったよね！　夢羽《むう》がいなかったら、確《かく》実《じつ》に失敗だよ」

瑠香《るか》がほとほと感心したように言った。

夢羽《むう》は長い髪《かみ》をゆらし、首を左右に振《ふ》った。

「違《ちが》うよ。それはやっぱり瑠香《るか》だ。あれだけの人間をまとめるのは、本当に大変だよ」

「ううん、失敗だらけだよ。ああすれば良かった、こうすれば良かったって、反省点ばっかり！　今日《きょう》は自分へのダメ出しで眠《ねむ》れないかも！」

彼女《かのじょ》にしては珍《めずら》しく、ずいぶん謙虚《けんきょ》だ。

2

「いやぁ、こんな経験《けいけん》、オレたち全員初めてだろ？　一から始めて、最後までやったなんて。失敗は当たり前だよ」

小林《こばやし》がきっぱり言うと、隣《となり》にいた大木《おおき》もうなずいた。

「たぶん、プー先生はわざとオレたちにみんなやらせたんだと思うな」

それは元《げん》も同感だった。

プー先生は立ち会ってはくれていたが、いつもテストの採点《さいてん》をしたり、何か別の用事をしていて、ほとんど口出ししなかったのである。

だからこそ、それぞれが真剣《しんけん》にできた。先生から言われた通りにするのでは、どこか他人事《ひとごと》みたいな気がするもんだ。

はぁ。

それにしても、あの時はまいった！

あの時とは、もちろん、背景《はいけい》の屏風《びょうぶ》の柱のなかに閉《と》じこめられた時のことである。

叫《さけ》ぼうにも動こうにも、劇《げき》は進行してるし、どうすればいいんだ？　と、パニックになっていた。

だから、夢羽《むう》が助け出してくれた時も、いったいどういう状況《じょうきょう》なのかさっぱりわからなかった。

よくも、まぁ、あそこで無事に続けられたと思う。

それもみんなのおかげかもしれない。乙姫《おとひめ》や亀吉《かめきち》、アンコウ大臣たちが台詞《せりふ》を言ってくれるから、台詞のほうが勝手に口について出てきたようなもんだ。

元《げん》がそんなことを思い出していると、瑠香《るか》が夢羽《むう》に聞いた。

「ねぇ、夢羽《むう》。それにしてもさ。よくあそこで、元《げん》くんが柱のなかに閉じこめられてるってわかったよね!?」

みんなも同感だというふうに夢羽《むう》を見た。

彼女《かのじょ》は小さく肩《かた》をすくめた。

「だって、他《ほか》にないだろ？　あの時点で、外に出た形跡《けいせき》はない、舞台袖《そで》や裏《うら》にもいない、最後に見たのは舞《ぶ》台《たい》の上っていうのなら、舞台にしかいないわけで。とすれば、あそこしかないだろ？」

「そうか！　消去法だな」

と、小《こ》林《ばやし》。

夢《む》羽《う》はニヤっと小さく笑った。

「ま、それに……あの屏風《びょうぶ》をセットするのが河田《かわだ》たちだっていうのは知ってたからね。やつらならやりかねないと思って見てたら、案《あん》の定《じょう》、三人集まって青い顔してガタガタ震《ふる》えてたからさ」

それを聞いて、瑠《る》香《か》は再《ふたた》び怒《いか》りがわいてきたらしく、拳《こぶし》を握《にぎ》りしめた。

「ったく――‼　何、考えてんだか！　バカも休み休みにしてほしい‼　あー、もう。腹《はら》が立つ！　絶対《ぜったい》、ぶっ飛ばしてやる！」

これにはみんな大笑い。

「まぁまぁ、やつらも反省してたみたいだしさ。まさかあんな大事《おおごと》になるとは思わなかったらしいし」

小林《こばやし》が取りなすと、大木《おおき》も言った。

「うんうん。それに、おかげで茜崎《あかねざき》のクラゲ探偵《たんてい》、見られたから、よかったなぁ……」

うん、あれはかわいかった。

元《げん》もそれはまったく同感だ。

黒い上下にキラキラ光るひらひらを首に巻《ま》いた夢羽《むう》は、クラゲというよりクリオネのようにかわいかった。

「まぁ、みんなよくやったと思う。それに、元《げん》くん、やっぱり浦島太郎《うらしまたろう》は当たり役だね！　ぴったりだった。わたしの目に狂《くる》いはない！」

瑠香《るか》に言われ、元《げん》は首を傾《かし》げた。

それはいったいほめ言葉なんだろうか？

「ふん、どうせ『普通《ふつう》っぽいから』とか言うんだろ!?」

と、言い返すと、瑠香《るか》は大笑いした。

「そうそう。いい意味でも悪い意味でも『普通っぽい』‼」

「ちぇっ！」

気にしてることをズバズバと。

でも、夢羽《むう》がポロっと言った。

「『普通《ふつう》』ってのは決して悪いことじゃないよ……」

「え？」

みんなドキッとした。

両親と離《はな》れて暮《く》らしている夢羽《むう》。とびきり変わった雰囲気《ふんいき》で、「普通」とはかけ離れている夢羽《むう》。

彼女《かのじょ》は、みんなが一瞬《いっしゅん》静まり返ったのに気づき、恥《は》ずかしそうに笑った。

「浦島太郎《うらしまたろう》もさ。おじいさんやおばあさんと漁村で普通に暮《く》らしてた頃《ころ》をなつかしく思ったんだと思うよ。竜宮城《りゅうぐうじょう》で特別待遇《たいぐう》され、毎日ごちそうで、毎日チヤホヤされて……。そんなのは一日か二日《ふつか》でいい。毎日続けば嫌《いや》になる。そう思うな……」

そっかぁ……。

元《げん》もそれは同感だ。

この一ヶ月、浦島太郎《うらしまたろう》役になって、いろいろと彼《かれ》のことを考えたけど。

おとぎ話の浦島太郎《うらしまたろう》は、玉手箱を開けておじいさんになりました！　で、終わっているが、夢羽《むう》と小林《こばやし》が考えた『浦島太郎殺人事件《うらしまたろうさつじんじけん》』では、乙姫《おとひめ》のもとにもどるということになっている。

その先は書いていなかったけれど。

あの後、竜宮《りゅうぐう》に帰った彼《かれ》はどうしたんだろうなぁ。

乙姫《おとひめ》と幸せに暮《く》らしたんだろうけど、それでも、時々、あの昆布林《こんぶばやし》にあるベンチにひとりで座《すわ》って、おじいさんたちとの暮らしをなつかしく思い出してたんだろうな。

亀吉《かめきち》がそれに気づいて、黙《だま》って横に座ったりして。

うんうん……。

きっとそんなふうだったんだろうなぁ……。

秋晴れの冴《さ》え渡《わた》る青空を見上げ、元《げん》はそんなことを思ったりしたのだった。

おわり

IQ《アイキュー》探偵《たんてい》ムー

キャラクターファイル

IQ《アイキュー》探偵《たんてい》ムー

キャラクターファイル

#21

名前《なまえ》………高瀬成美《たかせなるみ》
年《とし》…………10歳《さい》
学年《がくねん》………小学《しょうがく》5年生《ねんせい》
学校《がっこう》………銀杏《いちょう》が丘第一小学校《おかだいいちしょうがっこう》
家族構成《かぞくこうせい》…父《ちち》／圭一《けいいち》（大学教授《だいがくきょうじゅ》） 母《はは》／奈美《なみ》（大学教授《だいがくきょうじゅ》）
外見《がいけん》………長《なが》い黒髪《くろかみ》、日焼《ひや》けした顔《かお》に黒《くろ》く大《おお》きな目《め》が印象的《いんしょうてき》な美人《びじん》。話《はな》す時《とき》に髪《かみ》を左右《さゆう》にゆらすのがクセ。
性格《せいかく》………小《ちい》さな頃《ころ》からボイストレーニングやダンスのレッスンをしていて、本人《ほんにん》も将来《しょうらい》はミュージカルスターになりたいと思《おも》っている。努力家《どりょくか》。

あとがき

こんにちは。深沢美潮《ふかざわみしお》です。

さて、『浦島太郎殺人事件《うらしまたろうさつじんじけん》』の下巻《げかん》でした。いかがだったでしょう?

冒頭《ぼうとう》に掲載《けいさい》した太宰治《だざいおさむ》の『お伽草紙《とぎぞうし》』は、おとぎ話をもとに解釈《かいしゃく》を加え、パロディにしたものがいくつか入った面白《おもしろ》い作品です。

他《ほか》には『カチカチ山』、『舌切雀《したきりすずめ》』、『瘤取《こぶと》り』があります。

太宰治《だざいおさむ》という人は、たぶん中学の教科書とかに出てくると思いますが、『人間失格《しっかく》』や『走れメロス』という作品が有名な作家です。昭和を代表する作家のひとりですね。

個人的《こじんてき》には好きな作品とそうでもない作品とに分かれます。太宰《だざい》さんのような人をボーイフレンドにしたら、さぞかし大変だろうなぁとも思います。

でも、実際《じっさい》は憂《うれ》いのあるハンサムで、女性にモテモテだったみたいですけどね!

すでに太宰《だざい》の作品を読んだ方も、これから読まれる方も、彼はこういう面白い本も書いてたんだよっていうことを知ってほしいなと思い、紹介《しょうかい》しました。

で、本編《ほんぺん》のお話。

めでたく『浦島太郎殺人事件《うらしまたろうさつじんじけん》』のお話も終わりました。

劇中《げきちゅう》の浦島太郎《うらしまたろう》、普通《ふつう》の男の人みたいで、なかなか好感が持てます。気が弱いところもあるし、優《やさ》しいし、女の子にクラクラしちゃうところも普通だし。

でも、意外とピリっとしたところも見せますよね。乙姫《おとひめ》様と幸せに暮《く》らしてほしいな。

そんな気持ちをこめて書きました。

元《げん》たちも大活躍《だいかつやく》でしたね。

わたしは演劇《えんげき》ってやったことがありません。わたしの娘《むすめ》はバレエを長年やってまして、舞台《ぶたい》の上で演じるということが大好きです。

自分がやるのではないけれど、その興奮《こうふん》が伝わってくるから、舞台はいいなぁって思いますが、いつも観《み》る専門《せんもん》です。

だから、あんなにたくさんの台詞《せりふ》をよく役者の人たちって覚えるなぁって、ほんと感心しているんですよ。どうやったらあんなに覚えられるんでしょう？

頭の構造《こうぞう》が違《ちが》うのかな。

この前、テレビを観《み》ていたらね。木村拓哉《きむらたくや》さんが主演《しゅえん》の映画《えいが》の撮影《さつえい》に入る時、最初から最後まで台本を持っていなかったというのを聞いて驚《おどろ》きました。

あと、袴《はかま》にしわができてはいけないからって、椅子《いす》にも座《すわ》らなかったそうで。すごいですねぇ。

演ずることはできませんが、いつか台本を書いて、演出とかやってみたいです。どなたか、この『ミュージカル浦島太郎殺人事件《うらしまたろうさつじんじけん》』を実際《じっさい》に劇《げき》にしてみませんか？ もし、やってみたいという方がいらしたら、ご一報《いっぽう》ください。可能《かのう》であれば、観に行きます。

そうそう、あとね。瑠香《るか》ちゃんも頑張《がんば》りました。

実際《じっさい》、みんなを仕切ったりする人って大変だと思うんです。人一倍気も遣《つか》うしね。なのに、人の反感を買ったりもします。「なんだよ、えらそうに！」とかね。

まぁ、みんな勝手なもんです。

だからね。そういうお世話係の人には、まず感謝《かんしゃ》すること。そう心がけていますね。

それにつけても、瑠香《るか》ちゃんは適役《てきやく》ですね。元《げん》じゃないけど、彼女《かのじょ》、将来《しょうらい》有望だと思います。社長さんとかになってるかもですよ！

さてさて、今回はクラスの生徒たち全員登場です！　元《げん》たちのクラスは男女合わせて二十六人。さて、全員いるかかな？　数えてみてください。

ふふふ、不思議なことに二十五人しかいないことがわかるはずです。登場しないいひとり、いったいそれは誰でしょう⁇

それはね。

あなたなんですよ！

あ――あぁ！　ついにバラしちゃった！

最後にネタばらしをしたところで。

また会いましょうね！

深沢《ふかざわ》美潮《みしお》

IQ探偵シリーズ⑮
IQ探偵ムー 浦島太郎殺人事件〈下〉

2010年3月　初版発行
2016年12月　第6刷発行

著者　深沢美潮《ふかざわみしお》

発行人　長谷川 均

発行所　株式会社ポプラ社
〒160-8565 東京都新宿区大京町22-1
［編集］TEL:03-3357-2216
［営業］TEL:03-3357-2212
URL http://www.poplar.co.jp

イラスト　山田J太
装丁　荻窪裕司（bee's knees）
DTP　株式会社東海創芸
編集協力　鈴木裕子（アイナレイ）

印刷・製本　大日本印刷株式会社

ISBN978-4-591-11568-8 N.D.C.913 172p 18cm
Printed in Japan

読者の皆さまからのお便りをお待ちしております。
いただいたお便りは、編集部から著者へお渡しいたします。

本書は、2009年12月に刊行されたポプラカラフル文庫を改稿したものです。

● 小学校 初・中級～ ●● 小学校 中級～ ●●● 小学校 上級～ ●●●● 中学生向け

● **まじょ子2in1** 藤真知子／作 ゆーちみえこ／絵
①まじょ子どんな子ふしぎな子
②いたずらまじょ子のボーイフレンド
③いたずらまじょ子のおかしの国大ぼうけん
④いたずらまじょ子のめざせ！スター
⑤いたずらまじょ子のヒーローはだあれ？
⑥いたずらまじょ子のプリンセスになりたいな

● **ゾロリ2in1** 原ゆたか／作・絵
①かいけつゾロリのドラゴンたいじ／きょうふのやかた
②かいけつゾロリのまほうつかいのでし／大かいぞく
③かいけつゾロリのゆうれいせん／チョコレートじょう
④かいけつゾロリの大きょうりゅう／きょうふのゆうえんち
⑤かいけつゾロリのママだーいすき／大かいじゅう

●● **衣世梨の魔法帳** 那須正幹／作 藤田香／絵

●● **おほほプリンセス** 川北亮司／作 魚住あお／絵
わたくしはお嬢さま！